희망을
일구는
50가지
이야기

윤금순 지음

예신 Books

어떤 이가 성경을 가리켜 '인생의 좌표를 찍어주는 인생지도' 라 한 말이 생각난다. 지도란 지구 표면의 상태를 일정한 비율로 줄여, 이를 약속된 기호로 평면에 나타낸 그림을 말한다. 작년 여름, 허름한 봉고차 하나를 구해 호주의 동쪽을 훑은 경험이 있다. 안내자도 없이 달랑 지도 한 장을 들고 퀸즈랜드주(州)의 브리즈번에서 시드니를 거쳐 빅토리아의 멜버른까지 장장 2,500km의 대장정이었다. 해안선을 끼고 북쪽 일부를 제외한 오스트레일리아 대륙 전역을 연결한 1번 도로인 퍼시픽 하이웨이를 따라 달리는 여행은 '살면서 이런 재미도 있구나' 할 정도의 흥겨운 여행이었다. 멜버른까지 쉬엄쉬엄 한 닷새에 걸쳐 와서는 내친김에 그 유명한 그레이트 오션 로드를 달려 또 300km 남짓 남서쪽으로 달렸다. 이윽고 당도한 곳은 너무나도 잘 알려진 열두 사도상이 있는 포트 캠벨에서 시작되는 그 장엄한 광경은 가보지 않은 사람은 모른다. 파도에 깎이고 바람에 시달리며 형성된

열두 사도상은 호주를 대표하는 풍광 중 하나다. 영어도 서툴고 지리도 낯선 이국땅에서 수천 킬로의 장도를 겁도 없이 도전 할 수 있었던 것은 타고 난 깡다구 때문도 아니요 노련한 동행자 때문도 아니다. 거리는 물론 도로의 생김새까지 상세히 표시된 지도를 지니고 있었기 때문에 가능한 일이었다.

1차 세계대전 당시, 험준한 알프스 산악지대에 배치된 헝가리 군은 정찰이 주된 임무였다. 겨울이 얼추 물러갈 즈음이라 병사들은 봄과 더불어 지긋지긋한 전쟁도 끝이 났으면 하고 희망했다. 정찰임무의 명령이 하달되었을 때 병사들은 어쩌면 이번 정찰이 올 겨울 마지막 임무 일수도 있다는 생각을 했다. 소대장이 정찰임무를 수행할 병사들을 차출하여 보낼 때만 해도 하늘은 맑았고 병사들의 사기는 높았다. 그러나 병사들이 떠나고 얼마 후부터 갑자기 눈발이 휘날리기 시작하더니 잠시 후 폭설로 변하기 시작했다. 눈은 이틀을 연속해서 내렸고 정찰나간 부대원들은 돌아오지 않았다. 소대장은 부하들을 사지로 보냈다는 자책감에 잠을 이루지 못했다. 험한 알프스의 산세 때문에 부하들이 간 방향조차 가늠하지 못하고 깊은 시름에 빠졌다. 인근을 이리저리 수색해 보았지만 헛수고일 뿐이었다. 사흘째 되던 날, 뜻밖에도 정찰나간 부대원 전원이 무사히 귀환했다. 뛸 듯이 기뻐한 소대장은 어떻게 된 일인지를 물었고 부대원 하나가 그간 있었던 일을 설명했다.

"우리가 떠나자마자 내리기 시작한 눈 때문에 우리 모두는 한 순간에 길을 잃었고 한 번도 간적이 없는 낯선 곳으로 갔습니다. 날은 어두워 오고 폭설은 그칠 기미도 없어 그야말로 진퇴양난, '죽었다' 생각했습니다. 밤이 되자 추위와 배고픔에 절망감으로 모두들 죽음을 생각했습니다. 그때 누군가가 주머니에서 지도를 발견했지요. 우리는 지도를 보고 마음에 평정을 찾아 참호를 파고 폭설이 그치기를 기다렸습니다. 그 지도가 우리를 무사히 부대까지 안내 해 줄 것이란 희망을 품게 되었습니다. 그리고 우리는 그 지도에 표시된 대로 이렇게 무사히 부대로 돌아오게 되었습니다."

소대장은 부하들을 구해준 그 고마운 지도를 자세히 살펴보았다. 그런데 놀랍게도 그 지도는 알프스 산맥 지도가 아니라 프랑스와 에스파냐 국경에 위치한 피레네 산맥 지도였다. 피레네 산맥 지도를 가지고 알프스의 혹독한 눈밭에서 살아남은 것은 그들이 그 지도에서 희망을 발견했기 때문이었다.

살아가면서 우리는 때때로 예기치 못한 폭설에 갇혀 길을 잃고 절망 속에서 죽음을 생각하기도 한다. 그러나 우리가 침몰하는 것은 폭설 때문이 아니라 희망을 포기하기 때문이다. 가장 절망적인 상황 속에서도 희망의 끈을 끝까지 붙들고 견디면 기회는 기적처럼 찾아온다. 가끔씩은 피레네 산맥 지도처럼 전혀 상관없는 상황에서도 희망은 사람을 살린다.

희망을 갖자. 끝까지 희망을 갖자. 줄탁은 희망에 죽고 못사는 애인이기 때문에…….

양천에서 윤 금 순

5

• 차 례 •

제 1 부

위기는
또 하나의 기회

위기는 또 하나의 기회

"노(NO)를 거꾸로 쓰면 전진을 의미하는 온(ON)이 된다.
모든 문제에는 반드시 문제를 푸는 열쇠가 있다. 끊임없이 생각하고 찾아내라."
– 노먼 빈센트 필 –

때로는 어눌하고 평범한 사람이 강렬하고 오래가는 교훈을 주기도 한다.

얼마 전, 어느 지역의 농촌 지도자 모임에 특강을 요청 받아 간 적이 있다. 그때 만난 사람 중에 서른 중반 쯤 되는 농사꾼이 한 사람 있었는데 이 농사꾼은 보통 농사꾼이 아니었다. 본명이 있긴 하지만 기동이 삼촌으로 불리는 그는 좀체 입을 놀리지 않았다. 남도 어느 촌마을에서 근력 있는 장정 중 하나라는 이유만으로 마을 위원회의 말석을 차지했지만 마을의 공동 쓰레기장 건립이라든가, 마을 진입로 확장 등 마을 현안 문제를 놓고 위원회가 소집되면 소위, '말펀치' 있는 인사들이 저마다 차례를 다퉈 의견을 내 놓을 때도 기동이 삼촌은 언제나 입을 꽉 다물고 있었다. 사실 그는 기회가 주어져도 매끄롭고 조리 있게 말하는 재주가 없었다. 마을 진입로 확장 공사의 예산이 생각보다 커서 여기저기서 '불가(不可)' 쪽으로 말이 나오고 팍팍한 동네 살림이

10

현실적으로도 어려워 보였다. 그러나 특수작물이 주 수입원인 이 마을에 농기구의 기계화와 신속한 유통을 위해서는 마을 진입로 확장공사가 피할 수 없는 숙원 사업이었다. 당장 농가당 상당액의 돈이 각출 되어야 할 판에 위원회의 회의 마무리는 거의 불가능 쪽으로 기울어 지고 있었다. 바로 그때, 나지막하고 바튼 기침 하나가 구석에서 '툭' 하고 터져 나왔다. 언제나 그랬던 것처럼 기동이 삼촌이 발언하기 전 내놓는 일종의 주의 집중용 혹은 발언 준비용 기침이다. 이래서 안 되며, 저래서 곤란하고, 요래서 불가능하다고 과도히 놀린 세치 혀들이 피곤도 하여 쉴 겸, 기동이 삼촌이 한 말씀하길 길을 터 준다. 잔기침 몇 개가 더 튀어나온 다음, 기동이 삼촌이 한 말은 딱 다섯 마디, "상황이 썩 좋진 않지만……(잠시 침묵), 그러나……" 그러나? 그러나 그 다음은 무얼까? 모두들 무슨 묘안이라도 있을까 싶어 기다렸지만 잔기침 두어 개가 뒤따를 뿐 그는 그대로 입을 닫아 버렸다.

요구르트 한 병 까먹을 시간이 지난 후, 마늘 농사짓는 최영감이 군청의 높은 양반들한테 밀져야 본전인데 도움을 요청하면 어떨까 하고 어스름한 가능성을 타진한다. 촌에서는 보기 드물게 원예작물을 하우스 재배하는 김씨가 고향 사람 중 대처에서 토목회사를 하는 사람에게 공사비를 왕창 에누리하고 마을사람들이 허드레 품을 제공하면 어찌어찌 될 것도 같다고 희망색이 약간 더 짙어진 제의를 한다. 이어 잠시 휴식을 취한 세치 혀들이 이래서 될 것 같고 저래서 가능성이 있으며 요래서 분명히 된다고 이젠 가능 쪽으로 입을 모은다. 이쪽에서 얼씨구하면 저쪽에서 절씨구, 그쪽에서 지화자 하니 요쪽에서 얼쑤얼쑤 화답한다. 순식간에 국면이 반전되었다. 이제는 되는 쪽으로 '필'이 확

꽂힌 회의장에서 부정적이고 불가능한 쪽의 의견들이 설자리를 잃었다. 기동이 삼촌은 묘책을 내 놓지 않았다. 묘책을 내 놓을 만한 능력도 없는 사람이다. 다만 사고의 전환, 희망과 가능의 문을 한번 '툭' 하고 두드려 준 것 뿐이다. 그해 여름이 채 가기도 전에 그 마을엔 근사한 진입로가 생겨났고 마을사람들은 이로 인해 잘 먹고 잘 살았다.

딱 다섯 마디, '상황이 썩 좋진 않지만…… 그러나'

기동이 삼촌의 기침 끝에 나온 이 다섯 마디가 진입로 하나를 뚝딱 만들어 내었고 마을의 공영에 크게 이바지 하였다. 영어 쓰는 사람들도 이와 비슷한 말을 한다.

'Things may look bad…… but'

오늘날의 사회 구조를 보면 부정적인 요인들이 곳곳에 널려 있다. 그 속에서 살아온 사회 구성원은 경험상 체득한 몸 보전 비법으로 일단 부정하고 본다. 한때 청소년들의 모델로, 대한민국의 자긍심을 한껏 고취 시켰던 어느 학자의 연구 업적이 대 사기극으로 밝혀진 작금의 현실에 무조건 부정하고 보는 처세가 힘을 얻는 듯 보인다.

부정은 부정을 살찌우고 희망을 굶어 죽게 한다. 부정 쪽으로 한번 뱉어낸 말은 이상하게도 생명력이 있어 또 다른 부정을 힘도 안 들이고 불러온다. 돌보지도 않는데 부정은 스스로 장성하여 튼튼한 자식을 낳는다. 빛을 거두어 가면 저절로 어둠이 그 자리를 지배하듯 희망이 존재하지 않으면 절망과 부정이 초대하지 않아도 찾아온다.

그러나……

희망과 긍정은 그 여린 체질에도 불구하고 부정과 좌절 앞에서 더 없이 당당하다. 아무리 절망적인 어둠도 성냥불 하나에 물러나듯 희망과 긍정에 불을 밝히면 부정과 좌절은 스스로 물러난다. 희망의 기회는 교활한 성질이 있어 혹 실패로 혹 좌절로 변장을 하고 뒷문으로 미끄러져 오길 좋아한다. 희망의 불을 꺼뜨리면 그 교활한 희망의 기회가 그대로 실패와 좌절의 자리에 주저앉아 버린다. 다행스러운 사실은 긍정적이고 희망적인 사고는 가장 깊은 어둠이 지배하는 곳 까지도 부르면 언제나 온다는 것이다. 올 뿐 만 아니라 희망과 긍정은 특성상 좌절과 부정의 동역자가 될 수 없으므로 이들이 있는 곳에는 좌절과 부정이 견디지 못하고 떠나가 버린다. 마치 빛이 오면 어둠이 스스로 물러나는 것처럼 말이다.

기동이 삼촌은 어디서 이런 내공을 길렀을까?

유기농을 고집하던 그의 농사가 극심한 병충해로 절단 났을 때, 주위 사람들은 '저 어리석은 사람' 하고 그를 향해 손끝을 모았다. 이듬해 파종할 때 사람들은 그에게 충고했다. 농약 없이 농사지을 생각일랑 아예 하지도 말라고. 그러나 기동이 삼촌은 시퍼렇게 멍든 농심을 부여안고 끄응! 신음 한번 토한 다음 '그러나, 분명히 방법이 있을 거야' 하고 가능성을 찾았다. 찾고 또 찾았다.

3년을 내리 절단 내고도 다시 방법을 찾았다. 그리고 웃었다. 네 번째 봄이 왔을 때, 그가 찾아낸 방법으로 농약 없이, 금비대신 친환경 퇴비로 멋지게 작물을 키워냈다. 그런대로 작황도 좋았고 때마침 불어온 웰빙 바람을 타고 유기농작물에 높은 금을 쳐 줘 대박이 터졌다. 노총각 딱지를 뗀 것도 그해였다. 지금 그의 얼굴에는 윤택하고 여유로운 기운이 흐른다. 그해 포기 했더라면, 그 이듬해 포기 했더라면, 석 삼년 째 포기 했더라면 그는 웃지 못했을 것이다.

'상황이 썩 좋진 않지만…… 그러나,'

이 사상은 강력한 힘을 지녔다. 나도 위기와 좌절에 맞닥뜨릴 때 마다 기동이 삼촌의 '그러나' 처세를 적용한다. 그리고 언제나 웃었다. 모든 상황이 절망적일 때도 '그러나' 는 항상 가능의 문을 열어준다.

희망도 자식을 낳는다. 긍정이라는 아들과 가능성이라는 딸을 낳는다. 이들은 부정의 자식보다 훨씬 잘 생겼다. 부정의 자식은 돌보지 않아도 튼튼하지만 희망의 아들 딸은 공을 들이고 기르는 수고로움이 있어야 한다. 사람의 자식들은 때때로 기르는 이의 은공을 배반해도 희망의 아들 딸은 결코 양육의 수고로움을 저버리지 않는다. 해볼 만한 장사다.

나는 오늘도 강연장에서 절망에 사로 잡혀 있는 사람에게, 재기의 의욕을 상실한 사람에게, 용기 없는 사람에게 그리고 부정적인 사고에 빠져 있는 사람에게 '그러나' 를 외친다. 내 강의를 수강한 많은 사람들이 끄응! 신음 한번 토해내고 '그러나' 하며 재기의 진입로를 성공적으로 만들어 가는 것을 볼 때 긍정적 사고가 얼마마한 영향력을 가졌는가를 새삼 느끼곤 한다. 'Things may look bad……'

우리네 인생살이의 거의 모든 것이 좋아 보이는 게 별로 없다. 돈 벌이도 만만찮고, 원하는 대학에 가기도 쉽지 않으며, 모두에게 유익이 되는 공익을 이루기도 어렵다. 형편이 좋지 않은 것으로 받아들이면 그냥 그렇게 좋지 않게 끝난다. 하지만 우리에게는 '그러나(But)' 가 있다. 기동이 삼촌의 '그러나' 한 마디가 가능성과 희망 그리고 긍정의 문을 열어 놓았고, 그 안을 들여다 본 사람들의 중지가 모여 공영의 진입로가 완성 되었다. 우리는 우리의 사고를 부정에서 긍정으로, 좌절에서 희망으로, 불가능에서 가능으로 전환해야 한다. 그리하면 우리에게도 성공을 향한 진입로가 열릴 것이다.

거목의 유산

🌳

"가뭄이라는 혹독한 시련 속에서 생존을 위해 더 깊이 강하게 뿌리를 내린 나무는
살아남고 그렇지 못한 나무는 말라 죽고 만다.
혹독한 가뭄에서 살아남은 나무는 더 강하고 더 단단해진다.
가뭄은 그 어떤 폭풍우와 홍수에도 견딜 수 있는
거목으로 자라게 하는 또 하나의 기회인 것이다."
– 본문 중에서 –

가뭄은 나무에게 분명 위기의 때이지만 그 위기를 극복한 나무는 거목으로 자랄 수 있는 귀중한 기회를 얻게 된다. 위기는 곧 또 하나의 기회인 것이다.

삶에 위기가 닥쳐오면 언제나 생각나는 곳이 있다. 그곳에만 가면 힘이 생기고 용기와 위안을 얻는다. 고향은 어머니의 자궁처럼 우리 영혼의 생명 싸개로 항상 그곳에 있다. 지금은 동무들도 다 떠나 아무도 반겨주는 이 없지만 마을 어귀에 들어서면 수백 년 수령의 당나무 한그루가 언제나 지친 귀향자를 맞아준다. 여름이면 온 동네 어른들의 쉼터요, 아이들의 놀이터였던 당나무 아래는 정말 사람 사는 곳이었다. 그러나 지금은 아이들의 자지러진 웃음소리도 할머니들의 이야기도 더 이상 들을 수 없다. 태풍 '매미'가 남기고 간 4조 원이 넘는 재산 피해와 100여 명이 넘는 인명 피해로 고향 마을은 더욱 쓸쓸해 보였다.

16

어느 해는 가뭄으로 논바닥이 갈라져 물꼬 다툼을 하던 농부가 자살을 하고, 또 어느 해는 태풍으로 인한 수해로 수많은 재난을 겪는다. 그러나 그렇게 반복되는 수해와 가뭄에도 불구하고 고향 마을을 지키고 서 있는 저 당나무는 수백 년을 그렇게 버티고 서 있다. 내 할머니 시절부터 서 있던 그 거목은 지금도 서 있고 앞으로도 또 얼마나 더 오랫동안 마을 어귀를 지켜갈지 모른다. 아마도 우리의 아이들이 자라 어른이 될 때까지도 그 거목은 여전히 자리를 지켜갈 것 같다.

부둣가에 세워진 트레일러가 넘어가고, 다리가 무너지고 집이 떠내려갔지만 내 고향 당나무는 끄떡도 하지 않는다. 깊이 박아 놓은 콘크리트 전신주가 산사태에 꺾여도 거목인 당나무는 그대로 서 있다. 엄청난 수해의 와중에도 그를 이렇게 건재한 거목으로 만든 것은 무엇일까? 그것은 다름 아닌 나무에게 절대적 위기라고 할 수 있는 '가뭄'이다.

가뭄은 나무에게 틀림없는 위기이지만 그 위기는 거목이 될 수 있는 절호의 기회이기도 한 것이다. 가뭄이 오면 식물은 뿌리가 말라 죽든지 아니면 수액을 빨아들이기 위해 더 깊이 뿌리를 내려야 한다. 사느냐 죽느냐 하는 생사의 기로에서 나무는 선택해야 한다. 가뭄이라는 혹독한 시련 속에서 생존을 위해 더 깊이 강하게 뿌리를 내린 나무는 살아남고 그렇지 못한 나무는 말라 죽고 만다. 혹독한 가뭄에 살아남은 나무는 더 강하고 더 단단해진다. 가뭄은 그 어떤 폭풍우와 홍수에도 견딜 수 있는 거목으로 자라게 하는 또 하나의 기회인 것이다.

삶의 혹독한 가뭄을 맞아 지치고 말라 죽어가는 당신에게 도전의식을 고취시키고 가뭄 후의 비전을 명확하게 제시해 주는 친구가 당신

곁에 있다면 당신은 그 친구를 소중히 여겨라. '위기'에 처해 몸과 마음이 타들어 가는 갈증으로 고통 받고 있는 당신, 거목이 되려면 반드시 가뭄이 필요하다는 결정적 충고를 귀하게 여겨라. 신의 축복이 당신 가까이에 와 있다. 고향 마을 어귀의 그 거목 당나무가 지금 나에게 말한다. 성공하고 싶은가? 그러면 오늘의 위기를 기회로 삼아 더 깊이 더 강하게 뿌리를 내려라!

절망은 희망의 애칭

🌳

"희망은 잠자고 있지 않는 인간의 꿈이다. 인간에게 꿈이 있는 한,
이 세상은 도전해 볼 만하다. 어떠한 일이 있더라도 꿈을 잃지 말라.
꿈을 꾸라. 꿈은 희망을 버리지 않는 사람에게 선물로 주어진다."
– 아리스토텔레스 –

"여보! 잘 다녀오세요!"

"……."

말없이 출근하는 남편의 등을 향해 남여사는 대꾸 없는 남편인 줄 알면서도 인사를 건넸다. 남편이 현관을 나선 뒤 남여사는 얼른 아파트 베란다로 뛰어가 아파트 모퉁이를 돌아서는 남편을 향해 다시 한번 "여보! 잘 다녀오세요!"하고 소리쳤다. 그래도 여전히 남편은 묵묵부답으로 종종 걸음을 내달리며 출근해 버렸다. 언젠가는 한번쯤 자신을 향해 손을 흔들어 주겠지 하는 희망으로 남여사는 재미없는 남편을 향해 매일 똑같은 인사를 전했다. 퇴근해서 집에 들어온 남편에게 남여사는 다시 말했다.

"여보! 당신 출근할 때 내가 베란다에서 당신한테 손 흔드는 거 아세요?"

"니, 미친나?"

퉁명스럽게 대답하는 남편은 경북 안동에서 양반집이라 소문난 김 아무개의 장손으로 태어났다. 남여사는 대구에서 태어나 여학교에서 영어를 가르치다, 결혼을 하여 신접살림을 차렸는데 무뚝뚝하기가 둘째가라면 서러워 할 뜻한 남편을 어떻게 해서든 한번 바꿔 보리라 마음먹었다. 그러나 남편은 한 달이 가도 두 달이 가도 무뚝뚝함으로 일관했다.

일 년쯤 지난 어느 날, 출근하던 남편은 힐끔 베란다를 올려다보았다. 아내가 집 베란다에서 여전히 손을 흔들고 있었다. 비가 오나 눈이 오나 한결같이 자신을 향해 아내는 손을 흔든다. 아내를 한번 힐끗 쳐다 본 남편은 여전히 차를 몰고 아파트 모퉁이로 사라졌다. 그러던 남편이 한번은 손을 드는가 싶더니 쑥스럽다는 듯이 뒷머리를 갈퀴질 하고 다시 손을 내려버린다. 그러다 남매가 태어나고 무뚝뚝했던 남편은 손을 흔들어 주기 시작했다.

"여보! 잘 다녀오세요!"

"응, 잘 다녀오지."

3년이 지나자 남편은 변화의 흔적을 보이기 시작했다. 월급봉투가 통째로 남여사에게 안겨지기 시작했고 출근할 때 아파트 모퉁이를 돌아서며 오히려 아내보다 먼저 손을 흔들었다.

"여보! 잘 다녀올게"

그러나 그것이 마지막이었다. 그는 영원히 돌아올 수 없는 세상으로 떠나버렸다.

이제 막, 어린 남매와 함께 '행복'의 문턱에서 살만 하다고 생각한 남여사에게 남편의 교통사고는 청천벽력과도 같았다. 남의 입장에서 보면 그런가 보다 할 수 있겠지만 자신이 그 상황에 처하고 보니 지옥이 따로 없는 시간이었다.

그렇게 6개월을 눈물 속에서 살던 남여사는 '툭툭' 털고 일어섰다. 이러다가는 다 죽이겠다. 어린 남매들을 위해서라도 이래서는 안 되겠다. 남여사의 인생 2막은 그렇게 시작되었다. 그러나 무엇을 어떻게 해야 할지 누구를 찾아가야 할지 막막했던 그녀는 방문 판매라는 밑천 없는 장사에 뛰어들었다. 처음에는 친족들에게 아쉬운 소리도 해보고 친구들에게 도움을 청하기도 했지만 그것도 한 두 번이지 더 이상 손을 내밀 데가 없어 주저앉고 말았다. 절망이라는 높은 벽이 앞을 가로막았다. 그러나 초롱초롱한 눈빛의 어린 남매가 번개처럼 뇌리에 스쳐 남여사는 다시 이를 악 물었다. 그리고 무작정 연고 없는 사무실의 문을 두드렸다. 첫 번째 방문에서 문전박대를 당하고 돌아서서 수많은 눈물을 훔쳐야 했다. 두꺼운 얼굴을 하고 다시 문을 두드릴 때 '그래, 지금은 문전박대를 당했지만 내가 반드시 당신 가슴의 문을 열고 말리라' 다짐했다. 남여사는 '반복'이라는 방문의 효과를 기대했다. 첫 번째 방문에서 그들은 무조건 '부정적' 이었다. 두 번째, 세 번째 방문에는 '정말 그럴까?' 하며 의문과 동요를 네 번째는 '그럴지도 몰라' 라는 심리적 접근을 다섯, 여섯, 일곱 번째, 결국은 '맞다 너도 해'를 노린 것이었다. 그녀의 생각은 적중했다.

그렇게 해서 사람들이 남여사의 하부 조직으로 모여들기 시작했고 지금 그녀는 대구에서 손꼽히는 방문 판매 조직의 대모로 성장했다.

그녀에게 절망이라는 늪이 없었다면 결코 오늘날 자신이 이룬 성취는 불가능했을 것이라며 강의를 마치고 강단을 내려오는 내게 그녀는 값비싼 화장품 하나를 건네준다. 자신의 삶을 돌이켜 볼 수 있는 귀한 기회였다며 감사의 말을 전하는 그녀의 웃음에는 제2의 창업으로 절망을 희망으로 바꾼 성공자의 자신감이 묻어나고 있었다. 그렇다. 절망은 희망의 또 다른 이름이었다.

퇴각로를 태워버려라

"최악을 대비하라. 최선을 기대하라. 그리고 다가오는 미래를 믿으라."
– 로버트 E. 피어선 –

2차 대전 당시 승산이 별로 없는 전쟁에 부하를 이끌고 전투를 치러야했던 어느 장군이 있었다. 그는 앞으로 치를 전쟁 걱정으로 잠을 이루지 못한 채 하룻밤을 꼬박 새웠다. 평소에 유난히 부하들을 아끼고 전쟁터에서 전사하는 일이야말로 군인으로서 가장 명예로운 일이라고 여겼던 장군은 전쟁에서 패배하는 것이 하나도 두렵지 않았다. 다만 그가 밤새 고민했던 문제는 자신이 거느리고 있던 부하들의 생명이었다. 그 어떤 명예도 훈장도 받지 못한 채 전장의 이슬로 사라져야 할 나이 어린 병사들을 생각하면 도무지 출격 명령이 입에서 떨어지질 않았다.

그것은 화약을 지고 불에 뛰어들라고 말하는 것과 다를 바 없는 명령이었다. 어린 티를 벗지 못한 부하들의 얼굴 하나하나가 스쳐 지나가면서 사망 소식에 온몸으로 울부짖을 유가족들의 절규가 귓가에 들리는 듯 했다.

시간은 무정하게 흘러 새벽이 왔다. 1천 명의 병사들 앞에 선 장군은 결심한 듯 명령을 내렸다.

"전진 앞으로"

군사와 탄약, 무기를 실은 전함은 바다를 가르고 나아가 1만 명 이상의 적군이 총구를 겨누고 있는 적진의 한가운데에 떨어졌다. 그때 장군은 다시 한번 명령을 내렸다.

"타고 온 배를 모두 소각하라."

부하들은 어리둥절했다. 타고 돌아가야 할 배를 소각하라니, 적군의 눈에 띄지 않게 잘 숨겨 두어도 시원치 않을 판에 유일한 퇴각 수단을 태우라니 무슨 뜻인지 어리둥절하기만 했다. 다시 장군은 불호령을 내렸다.

"제군들, 저 불타고 있는 마지막 남은 퇴각로를 보라. 이제 우리는 되돌아갈 길이 없어진 셈이다. 옆으로 피해갈 길도 없고 도피구나 비상구도 없다. 제군들이 갈 수 있는 유일한 길은 오직 전진해서 적군을 물리치는 길 밖에 없다. 이제부터 죽기 아니면 살기를 각오하라. 오직 전진, 전진만이 제군들 앞에 있을 뿐이다. 후퇴는 없다. 우리가 살아 돌아갈 길은 오직 전진뿐이다. 승리 아니면 전멸이 있을 뿐이다. 내 말을 알아듣겠나?"

부하들은 그제야 장군이 밤을 지새워 내린 전진 외엔 다른 선택이 없는 작전에 뜻을 같이 했다. 병사들은 이 작전이야말로 이 상황을 극복할 수 있는 유일하면서도 현명한 방법임을 굳게 믿었다. 결국 그들은 승리했다. 1천 명으로 1만 명 이상의 적군을 그것도 적진에 온몸을 던져 뛰어 들어가 적군을 섬멸했다.

그들의 목표는 살아서 돌아가는 것뿐이었다. 스스로 퇴각로를 소각하면서까지 감행했던 벼랑 끝에서의 결단이 위대한 승리를 이끌어낸 것이다. 전진 외엔 선택의 여지가 없다는 생각으로 전쟁에 임한 병사들은 적군과 싸웠다기보다는 자신의 죽음과 싸워 이긴 것이다.

절망의 깊은 수렁에 빠져 아무런 길도 보이지 않는가? 그렇다면 퇴각로를 소각하라. 불타오르는 퇴각로를 본다면 자신의 죽음과 싸울 용기가 생길 것이다.

이래서 할 수 없고 저래서 할 수 없다고 말할 기력이 남아 있다는 것은 아직도 당신의 퇴각로가 어느 구석에 존재하고 있다는 얘기다. '하려고 하는 자는 방법을 찾고, 하지 않으려고 하는 자는 구실을 찾는다.'는 말이 있다.

돌아서 갈 길도, 도피처도, 비상구도, 몸을 숨길 장소도 없는 상황에 놓인다면 오직 전진만이 최상의 선택이 될 것이다. 에너지를 한 곳에 집중시킬 수 있도록, 오직 목표만이 당신의 피가 되고 살이 되도록 당신의 퇴각로를 태워버려라. 절망으로 쏠렸던 그 모든 에너지와 정열이 유일하게 설정된 목표로 전환될 것이다. 당신 스스로 전진 외에는 길이 없도록 퇴각로를 소각하라. 핑계의 퇴각로, 구실의 퇴각로, 미련의 퇴각로를 소각하라.

그리고 최악의 경우 퇴각로를 차단하라.

역전(易戰)의 삶을 고대하라

🌳

"사는 것이 힘들고 지칠 때, 절망만 하지 말고 밑바닥까지 내려가라.
힘들수록, 절망이 깊을수록 바닥이 멀지 않았음을 기억하라.
밑바닥을 차고 다시 오를 수 있는 역전의 삶을 고대하라."
– 본문 중에서 –

재 수생 숫자가 기하급수적으로 늘어나 재수는 필수, 삼수는 선택이었던 시절이 있었다. 일류대학에 입학하기 위해 재수를 하고 삼수를 했다면 변명이라도 됐을텐데 일류대학도 아닌 대학시험에 보기 좋게 낙방했던 나는 난생 처음 절망이라는 중병을 앓게 되었다.

학교 주요 행사를 도맡다시피 했고 각종 대회에서 우수한 성적으로 수상하여 학교의 영예를 높이기도 했지만 대학 시험에 그러한 전적들은 별 도움이 되지 않았다. 요즘은 특별 전형이라는 게 있어 특혜를 받을 수 있지만 당시에는 불행히도 그러한 제도가 없었다. 늘 아버지의 자랑스러운 자식이었던 나는 불합격했다는 이유로 불효자로 전락해야 했다. 학교 행사 전야제에서 사회보는 딸을 흐뭇하게 바라보시던 아버지는 중요한 시험에서 낙방한 나를 향해 '빛 좋은 개살구'라며 이만저만 실망이 아니셨다. 온 가족의 총애를 받던 아이가 구박덩어리로 전락하는 순간이었다. 나는 경험치 못했던 대접과 눈치에 방황하기 시작했다. 그러던 어느 날 나는 양 갈래로 땋은 머리를 싹둑 잘라 버렸다. 그 모습을 본 아버지는 밥상도 마주하시지 않겠다며 호통을 치셨다.

그 시절, 대부분의 아버지들은 딸에 대한 편견을 갖고 있었다. 하지만 나의 부친은 늦둥이 딸을 아들과 차별하지 않고 키우셨다. 그랬기 때문에 아버지의 갑작스런 변화는 나를 오랜 시간 방황하게 만들었다.

'딸자식 공부시켜봐야 소용없는 기라, 중학교나 졸업시켜 시집이나 잘 보내면 되지.'

여느 아버지들과 생각을 달리 하신 아버지는 이런 말들을 귀담아 듣지 않으셨지만 막상 믿었던 딸이 대학시험에 떨어지자 혀끝을 차셨다.

"어이구, 저 헛똑똑이, 헛똑똑이!"

아버지의 이 속앓이 말씀 속에 깊은 뜻이 담겨 있다는 사실을 깨닫기까지는 많은 시간이 걸렸다. 추락할 대로 추락한 나는 부친의 푸념 섞인 말씀 속에 진짜 똑똑이가 되라는 무언의 교훈이 있음을 깨닫게 되었다. 그리고 그 무언의 지시는 나의 생활신조가 되었다. 당시 나는 이제 더 이상 나빠질 것이 없는 상황 즉 마지막까지 왔다는 강박관념에 사로잡혀 있었다. 그러나 이상하게도 더 이상 추락할 것이 없는 지점에 다다르자 나도 모르게 오기랄까 용기가 발동하는 것이었다.

'더 이상 나빠질 게 뭐가 있겠어?'

'이제부터는 좋아질 일만 남았다는 것 아냐?'

수영을 못하는 사람이 수영장에 들어가면 지레 겁을 먹고 떨기 바쁘다. 똑바로 서면 자신의 키 높이도 안 되는 얕은 곳인데도 공포감을 이기지 못하고 허우적거린다. 그런 사람들에게 해주고 싶은 말이 있다.

"마음을 가다듬고 다시 생각해보라."

실내 수영장에는 분명 바닥이 있다. 두려움을 떨치고 그냥 바닥으로 내려가라. 숨을 참고 바닥까지 내려가면 수영장 바닥에 발이 닿을 것이다. 이때 세차게 발길질을 하고 올라오면 수면 위로 몸을 떠올릴 수 있다. 생각해보면 너무나 간단한 일이다. 한 가지 명심해야 할 것은 아무리 절망의 골이 깊다고 해도 분명 바닥은 있다는 것이다. 어설프게 중간에서 기죽거나 지레 겁먹지 말고 '가 봤자 바닥이지' 라고 생각하고 정신을 차리면 바닥을 칠 수 있는 기회와 시간을 만날 것이다.

사는 것이 힘들고 지칠 때, 절망만 하지 말고 밑바닥까지 내려가라. 힘들수록, 절망이 깊을수록 바닥이 멀지 않았음을 기억하라. 밑바닥을 차고 다시 오를 수 있는 역전의 삶을 고대하라.

'더 나빠질 것이 없다' 는 것은 바로 그대가 바닥을 치는 지점에 다다랐다는 뜻이다. 바닥이 멀지 않았음을 기억하라. 그러면 밑바닥을 차고 올라 갈 수 있다. 왜? 더 나빠질 것은 없으니까.

슬픔의 바닥이 희망의 시작

🌳

"소리 내어 온몸으로 울고 나면 마음이 편해지듯
노래를 마음껏 부르고 나면 절망이 몸 밖으로 나오고
그 절망을 내 눈으로 보고 나면 아무것도 아닌 것이 된다."
– 본문 중에서 –

우 리는 살아가면서 수많은 어려움과 마주치게 된다. 그때마다 나
는 인생의 가장 밑바닥까지 내려가 발가락에 온 힘을 주어 바
닥을 차고 올라오리라 다짐하곤 했다.

두 눈을 부릅뜨고 절망의 정체를 놓치지 않고 똑바로 마주하리라 작
정하기도 한다. 이 모든 결심은 오직 머리로만 한다. 가슴 바닥에 알알
이 배어있는 자기연민과 무력감에서 해방되기란 결코 쉬운 일이 아니
다. 그러나 머리로는 못할 것이 없다.

하룻밤에 수십 채의 청기와 집을 지었다 부수었다 한다. 그러나 아침
에 일어나면 그것이 한낱 망상이었음을 깨닫게 된다. 피식, 웃어넘길
정도의 하찮은 것들이 되고 만다. 어려움을 극복하기가 얼마나 고통스
러운 일인지, 등에 진 무게를 이기고 일어서려면 얼마나 이를 악물어
야 하는지 잘 알고 있다. 하지만 이러한 상황에서는 망상에 젖어 자기

연민에 빠져 허우적댈 것이 아니라 먼저 극복 가능한 방법부터 찾아야 한다. 그 방법 중 하나가 노래 부르기다. 어떤 이들은 이 말에 코웃음을 칠지도 모른다.

"뭐? 노래가 절망과 고통에서 헤어 나올 수 있는 방법이라고?"

그렇다. 노래를 불러보라. 실컷 불러 보라. 목이 아프게 불러보라.

혹 동행할 친구가 없다면 큰 맘 먹고 혼자라도 가보라. 그리고 노래방에 들어가서는 가능한 슬픈 노래만 골라서 불러보라. 희망에 부풀게 하고 살맛나는 새마을 노래 같은 곡은 절대 부르지 마라. 실연의 노래, 가슴이 찢어지게 아픈 노래들의 제목은 챙겨가도 좋다. 사실 노래방에 비치된 노래책에는 이별의 아픔과 상처의 고통을 주제로 한 곡이 전체의 90% 이상 차지하니까 노래를 부르다가 가슴이 아려 눈물이 난다면 울자. 실컷 울자. 노래를 부르며 울자.

어느 책에선가 이런 글을 본 적이 있다.

혼자 사는 어느 독신녀가 실연을 당해 무너지는 억장을 부둥켜안고 몇 날 며칠 밤을 이웃의 눈치를 보느라 소리도 내지 못하고 눈물을 흘렸다. 계속되는 슬픔을 피할 길이 없어 상한 속이나 달랠까 하여 가족들이 있는 집으로 갔다. 그런데 하필 그날따라 모든 식구들이 외출하고 집안은 텅 비어 있었다. 그녀는 갑자기 밀려드는 허망한 마음에 실컷 큰 소리로 울었다. 한참을 그렇게 울던 그녀는 갑자기 자신이 왜 울고 있는가 하는 생각이 들었다. 이윽고 눈물이 그치자 문득 밤을 새워 울었던 그 많은 밤들이 우습기까지 했다. 그리고 다시는 실연으로 울지 않았다고 한다.

사람은 그런 것이다. 슬픔의 감정도 다 퍼 내버리면, 더 이상 퍼낼 것이 없을 때까지 퍼내 버리면 오히려 상큼한 새 기운이 돋아난다. 다른 것들이 보이기 시작하는 것이다.

이런 힘은 노래에 더 많이 들어 있다. 자신의 슬픈 목소리를 자신이 들으면 감정은 더 북받쳐 오르고 슬픔은 더 쥐어짜져 밖으로 퍼져 나온다. 눈물이 밖으로 떨어져 나오는 것보다 더 효과적으로 목소리를 통해 절망의 감정이 몸 밖으로 빠져나간다.

그러나 노래를 적당히 불러서는 안 된다. 목이 아파 지칠 때까지 불러야 한다. 밤마다 찔끔거리고 울면 슬픔과 절망의 바닥은 보이지 않고 오히려 물을 붓는 격이 된다. 그러나 소리를 내면서 온몸으로 울고 나면 마음이 편해지듯 노래를 마음껏 부르고 나면 절망이 몸 밖으로 나오고 그 절망을 내 눈으로 보고 나면 아무것도 아닌 것이 된다. 절망이 객관화되어 전체적으로 볼 수 있고, 절망의 정도가 정확하게 가늠되므로 절망을 두려워 할 이유도 피할 이유도 없게 된다. 한마디로 절망 그 자체를 담담히 받아들일 수 있게 된다.

자! 이제 노래방으로 가자. 노래방에 갈 수 없으면 한적한 곳으로 가라. 혹 집에 혼자 있다면 방문을 걸어 잠그고 죽을 힘을 다해 노래를 불러라 내 몸 밖으로 절망들이 빠져나갈 때까지. 절망들이 몸 밖으로 나간 이후 다시는 그 절망에 대해 생각지도 눈을 돌리지도 말자.

오직 긍정과 희망의 세계를 향해 돌진할 수 있는 힘을 쌓아 가는 것이다. 찔끔찔끔 흘리는 눈물은 비록 사소한 행위이지만 반복은 습관을 만드는 법이다. 슬픔을 습관으로 만들어서는 안 된다. 어차피 쏟아내야 할 슬픔이라면 가슴속에 묻어 두지 말고 차라리 한꺼번에 과감하게 뱉어 내자. 그리고 작은 기쁨의 노래들을 자신의 삶 속에 물 붓듯 부어 나가자. 자신의 삶 속에 긍정의 물을 마음껏 퍼붓자!

가로등은 해가 져야 빛난다

"삶이란, 사방이 어둠처럼 완전히 절망해버렸을 때 가로등처럼 빛날 수 있다.
내 마음의 불을 찾아야 한다.
해가 져야 가로등이 빛나고 해가 져야 내일이 다시 시작 된다."
– 본문 중에서 –

사람들은 자신의 삶이 늘 고단하고 문제투성이라고 불평하기 쉽다. 그러나 절망 속에서 자신을 곧추세우고 우뚝 일어선 사람들을 보면 그들은 우리가 겪고 있는 절망과는 비교도 되지 않는 절망을 딛고 일어섰다.

숨이 막힐 듯한 고통을 참으며 잠을 청해 본다. 아쉬움으로 가득한 5월의 햇빛이 막 지려하고 있다. 밤이 싫다. 어둠이 싫다. 그러나 그 아쉬운 햇빛이 막 지려 할 때 하나 둘 지리산 자락의 작은 마을에는 가로등이 켜지기 시작했다. 서서히 밀려오는 어둠 저 뒤편에서 서서히 밝아 오는 '특별한 가로등 불'을 발견할 수 있었다.

수십 번도 더 다닌 길에 무심히 서 있던 가로등이었다. 사실 그전까지는 그곳에 가로등이 서 있었는지도 몰랐는데 그날은 가로등 불빛이 눈에 들어왔다. 낮에는 전혀 의식하지 못했던 가로등이 해가 지자 서서히 제 모습을 드러냈던 것이다. 비스듬히 길 위를 비추는 한줄기 빛은 태양이 자취를 감추고 나서야 저 홀로 자신을 드러내는 것이었다. 사방이 완전히 어두워지고 고속도로의 어둠 속으로 내가 탄 버스가 하염없이 빨려 들어가는 느낌이었다. 그 순간 가로등 빛은 선명하게 줄을 서 나의 시야에 들어왔다. 그때 가슴을 치고 드는 생각이 있었다.

'그래 삶이란 저런 것인지도 모르겠다. 사방이 어둠으로 완전히 절망해버려야만 나도 가로등처럼 빛을 낼 수 있는지 모르겠다. 그래 내 마음의 불을 찾아야 한다.'

나는 언제나 태양을 잡고 싶었기에 가로등의 소중함은 태양 뒤편에 가려져 아무런 의미를 갖지 못했다. 태양을 잡고 싶은 심정, 그것은 어린시절 고모 댁에 갔을 때 밤이 되는 것이 싫어 해를 잡고 싶었던 날들의 안타까움과 비슷한 것이다.

어린 시절 나는 고모 댁 언니들과 노는 것이 좋았다. 학교가 끝나기가 무섭게 고모 댁으로 달려가 언니들과 놀았고 밤이 되면 엄마가 보고 싶어서 울었다. 다음날 해가 다시 뜨고도 하루가 저물 무렵에야 엄마를 만날 수 있다는 사실이 너무나 두려웠다. 해가 지고 어둠이 와야만 다시 하루가 시작된다는 것을 미처 깨닫지 못했던 나는 무조건 해를 잡고 싶어 애를 태웠다. 그러나 이제는 알 것 같다. 해가 져야만 가로등이 빛나고 해가 져야만 내일이 다시 시작된다는 것을 말이다.

자신의 상황이 최악이라고 생각한다면, 왜 나에게만 시련이 있느냐며 자신을 원망하고 있다면, 아직은 덜 절망한 것이다. 그런 사람은 고속도로에서 외롭게 빛을 내고 있는 가로등처럼 자신의 가슴에 숨어있는 긍정의 불빛을 찾으라.

제 2 부

말이 운명을 바꾼다

운명을 바꾸는 자기암시

🌳

"**사**고가 바뀌면 행동이 바뀌고 행동이 바뀌면 습관이 바뀌고 습관이 바뀌면 성격이 바뀌고 성격이 바뀌면 인격이 바뀌고 인격이 바뀌면 운명이 바뀐다."

그러나 좀더 실제적으로 '행복한 나'를 만들 수 있는 방법은 없을까? 인간은 사고가 바뀌면 운명이 바뀐다고 했는데 그 사고는 과연 무엇이 바꿔 줄 수 있을까?

러시아의 인지 심리학자인 비고스키(Vygotsky)는 '인간의 언어를 바꾸면 사고가 바뀐다'고 했다. 그렇다면 사고를 바꿀 수 있는 것은 무엇일까? 그것은 바로 자기대화(self-talk)와 18번 노래(self-song)이다.

사고가 바뀌면 행동이 바뀌고 행동이 바뀌면 습관이 바뀌고 성격이, 인격이, 운명이 바뀐다고 한다. 고로 '사고가 바뀌면 운명이 바뀐다'는 도식이 성립된다. 사고를 바꾸어서 가난한 운명이 부자의 운명이 되고, 불행이 행운으로 바뀔 수만 있다면 어떻게 해서든 그 사고를 바꾸는 언어를 써야 할 것이다.

비고스키는 언어와 사고는 각자 다른 뿌리에서 시작되었지만, 2세기 이후 언어와 사고가 서로 밀접한 관계를 가지고 상호 영향을 미친다고 했다. 또한 워프(Whorf)는 언어와 사고의 관계에서 언어가 사고를 결정한다고 보는 언어 결정론과 사고의 내용은 언어에 따라 달라진다는 언어 상대론을 주장하였다.

또한 비고스키는 언어 형식을 소리 내어 의사소통하는 외적 언어와 소리 없이 자신에게 말하는 내적언어 파롤(parole:정서, 정신, 시간 등의 언어들로 시간이란 말은 없지만 파롤이라는 형태로 기억하고 인지한다. 파블로프는 언어의 언어라고 했으며 언어학에서는 상부언어라 한다)로 분류하였다. 인간의 언어 발달과정은 소리 나는 외적언어 즉 사회적인 것에서 내적인 언어로 진행되고, 내적 언어는 내적 사고로 진행되어 결국 내적 언어의 창조로 나타나게 된다고 하였다. 즉 제1의 정보인 외적 언어가 인간의 내면으로 유입되어 내적 사고를 발생시켜 새로운 정보를 창출하는 것이다. 하나의 사실에 대한 외적 언어는 자신에게 들려주는 내적 언어가 되고 내적 언어는 사고의 변화를 자극하고 유도해 내는 과정을 거치게 된다는 것이다. 다시 말해 언어발달로 사고발달의 가능성을 시사해 주는 것이라 생각된다.

나는 오래전부터 자기암시(self-talk)가 인간의 사고에 미치는 영향에 대해 좀더 구체적인 이론적 배경을 찾아 왔었다. 흔히 처세에 관계

된 저서들 속에서 '생각이 바뀌면 행동이 바뀌고, 행동이 습관을 만들고, 성격과 인격이 운명을 바꾼다.' 라는 내용을 많이 보았다. 사고만 바꾸면 운명도 바뀐다는 결론인데 그렇다면 사고를 어떻게 바꿀 것인가를 고민하지 않을 수 없다.

비고스키와 워프의 이론을 빌리자면 인간의 언어가 사고를 변화시키는데 지대한 역할을 한다고 한다. 즉 자기 암시의 반복은 외적언어의 반복을 통해 내면언어가 되고, 내면언어는 내면의 사고를 변화시키게 된다는 것에 초점을 맞추고 여기에 노래라는 특수 현상을 접목시킴으로써 자기암시의 극대화를 기하자는 것이 내 주장의 핵심이라고 할 수 있다.

신라 진평왕의 셋째 딸이 미모로 이름이 나 있어 이에 연정을 품은 백제의 서동(후에 武王이 됨)은 자기와 선화공주가 밤마다 몰래 만난다는 서동요(薯童謠)를 불러 금성(경주)에 퍼뜨린다. 이에 공주는 억울한 누명을 쓰고 유배지로 가는 도중에 서동에게 구출되어 결혼을 하고 후에 백제무왕의 왕비가 되었다고 한다. 이는 물론 언어가 사고를 바꾼다는 의미와는 다르지만 사람의 입에서 입으로 전해지는 음성언어는 세 마리의 말이 끄는 마차가 따라가도 따라잡을 수 없다고 했다.

이처럼 전파력이 강한 언어가 노래라는 음율 속에 함께한다면 더욱 파급적인 전파력을 가지게 되는 것이다. 그 언어는 처음에는 외적 언어로 존재하지만 어느새 내적 언어가 되고, 그 내적 언어는 내면의 사고를 변화시켜 나가는 것이다. 따라서 서동요가 갖는 의미는 언어가 바꾼 인생이라고 말할 수 있을 것이다.

잠재의식에 뿌리는 성공의 씨앗

"신은 용기있는 자를 결코 버리지 않는다."
– 헬렌 켈러 –

'인간의 사고가 바뀌면 운명이 바뀐다.' 1997년 가을 중앙대학교 도서관 한 귀퉁이에서 나는 윌리엄 제임스의 이 말을 발견하고는 뛸 듯이 기뻐 이 문장을 수없이 읽고 또 읽었다. 사고만 바꾸면 내 운명이 바뀐다?

사고를 바꾸는 방법은 말을 바꾸는 것이다. 인간이 반복하는 자기대화(self-talk)가 병 속에 물을 붓는 것처럼 잠재의식에 씨를 뿌리는 것이다(각인). 그 씨앗은 행동이라는 싹을 틔우고 행복은 반복을 통해 습관을 형성하며 그 사람의 행복과 불행을 결정하는 주요 요인이 된다.

그러므로 자신의 마음이 어떤 목표를 결정하게 되면 그 결정에 따른 의도적인 언어표현이 필요하며, 그 언어는 다시 잠재의식에 영향을 미쳐 열매를 맺게 만든다. 즉, 사람이 마음으로 어떤 일을 결정할 때는 잠재의식이라 불리는 과정을 통해서 이루어진다. 이 과정은 마치 컴퓨터와 같아서 입력된 대로 출력된다. 입력된 자료가 없으면 출력이 불가능하다. 더 나아가 인간의 잠재의식은 컴퓨터의 정보처리 과정을 뛰어 넘는 정보 창조자로서 역할을 한다. 잠재의식에 성공의 씨를 뿌리면 성공을, 실패의 씨를 뿌리면 실패한다. 그러면 어떤 방법으로 잠재의식에 씨를 뿌릴 것인가?

새로운 정보가 인간의 내면에 뿌리 내리기(이미지 만들기)까지는 여러 과정을 거친다. 그러므로 단편적으로 잠재의식에 성공의 씨앗을 뿌리고자 했을 때는 씨앗을 어떻게 뿌릴 것인지 그리고 그 씨앗이 어떻게 작용할까에 대한 의문을 갖지 않을 수 없다.

많은 철학자가 잠재의식을 일깨워 자신의 보물창고를 활용하라고 했다. 이 말을 좀더 쉽게 이해하기 위해 잠재의식에 정보가 저장되고 인출되는 과정을 정보처리 과정과 비교하여 설명해 보기로 한다.

프로이트의 정신분석학을 기본 바탕에 두고 인간 내면에 숨겨진 잠재의식에 대한 연구는 계속해서 많은 사람의 주된 관심사였다. 그러나 20세기 전반 심리학의 주류가 되었던 행동주의 심리학은 인간의 의식, 의도, 욕구, 인지와 같은 심적 활동은 과학적인 연구대상이 아니라고 하여 배제시켰다. 특정 행동을 유발하는 원인은 환경 속에 있고, 또 제어 가능한 자극 상황 하에 있을 때라고 보았다.

이 심리학을 자극-반응 심리학이라고 한다. 따라서 20세기 후반에 이르러 인지과학, 인지심리학이 대두하여 연구의 관심이 외부의 관찰 가능한 행동으로부터 두뇌 속에서 생기는 인지(마음)로 이행되고 난 이후 심리학은 비로소 '마음의 과학' 이라 할 수 있게 되었다.

행동주의 심리학의 관점에서는 인간 즉, 생활체를 자극-반응의 자동

판매기처럼 보는 견해를 갖는데 이러한 입장을 따른다면 당연히 이미지는 그 연구 대상에서 제외되지 않을 수 없다. 이 때문에 종래 이미지에 대한 연구는 상대적으로 낙후되어 왔다.

솔렌티노와 허긴스에 의하면 종래 유력한 심리학 연구 패러다임이었던 행동주의는 객관적 측정을 지나치게 중시한 나머지 감각, 이미지, 욕망과 같은 인간의 주관적 측면을 경시하는 결점을 지녔고, 심리언어학이나 인공지능의 연구를 통해 1960년대 후반부터 인지심리학의 중요성이 인식되기는 했지만 그것은 인간을 인지한계가 있는 컴퓨터처럼 생각하는 경향을 만들었다고 한다.

이것을 다시 정리해 보면 파블로프의 고전적 조건반사, 스키너나 왓슨 등에 의한 조작적 조건 반사이론으로 설명할 수 있다. 자극-반응으로 인간의 변화 가능성을 시사한 행동주의는 인간을 단지 조작적인 반응체로서의 수동적인 존재라고 보았다. 반면에 정보처리 이론에서는 어떤 목표달성이나 문제해결 등에 있어서 능동적으로 정보를 처리하는 주체로 파악한 것이다.

그러나 이러한 정보처리 이론마저 인간의 사고 과정에서 발생하는 문제는 무시하고 단순히 주어진 문제의 해결만을 도모한다는 측면과 목표달성 이전의 가치관을 고려할 수 없다는 점에서 새로운 연구 과제가 도출되었다. 이것은 바로 정보 창조 패러다임으로 연결된다. 이미지 만들기에서 인간은 단지 환경적인 자극에 의존하는 것이 아닌 인간은 새로운 정보 창조자로서 능동적 의사결정체임을 강조한다. 그러므로 인간은 컴퓨터와 유사한 자동제어체제를 갖고 있는 무한한 가능성의 존재이며 또한, 성공적 메커니즘 또는 실패 메커니즘의 자동체계를 가지고 있다.

　인간의 조작적 조건반사를 의도적 활동으로 프로세싱하고 문제 해결 과정인 정보처리 단계를 거쳐 정보 창조에 이르는 단계는 우리가 더 큰 관심을 가져야 할 연구 과제이다.

충무공의 자기대화

부천시민회관에서 강의를 들어가기 전에 옷매무새도 확인할 겸 잠시 화장실에 들렀다. 그런데 화장실 벽에 장소와는 도무지 어울리지 않는 이순신 장군의 진중록의 한 부분이 적혀있었다.

바다에 맹세하니 어룡이 감동하고
산에 맹세하니 초목이 아는구나
이 왜적 모조리 무찌르면
비록 이 한 몸 죽을지언정 사양치 않으리.

언젠가 아산 현충사에 다녀온 적이 있다. 이순신 장군의 유품들이 진열된 곳에서 나는 성웅의 애국·애족 정신에 숙연한 감동을 받았다. 장군의 유품에는 장검 두 자루가 포함되어 있었는데 충무공께서 항상 곁에 두고 보며 정신을 가다듬던 칼이라고 한다. 보물로 지정된 장검에는 성웅의 친필 휘호가 각각 다음과 같이 새겨져 있었다.

삼척서천 산하동색 (三尺誓天 山河同色)
일휘소탕 혈염산하 (一揮掃蕩 血染山河)

'석 자 칼로 하늘에 맹세하니 산과 물이 떨고, 한번 휘둘러 쓸어버리니 피가 강산을 물들인다는 뜻'으로 장군의 드높은 기상이 느껴지는 글귀였다.

장군은 검에 새겨긴 말들로 자기암시를 했던 것이다. 화잘실에서 읽은 진중록의 내용과 현충사의 장검 친필 휘호에서 본 글귀는 장군의 셀프 토크였으며, 행동의 모티브가 되었다. 그날 장군의 셀프 토크에서 명언을 얻어내어 회관에 모인 500여 명의 수강생들과 함께 다시 한번 자기암시, 자기노래의 교훈을 나누며 유익한 시간을 보낼 수 있었다. 우리가 언제나 가슴에 새기는 말은 그 사람의 영혼의 소리인 것이다.

항아리 속의 탁구공

"항아리 속에 물을 붓듯
우리의 마음 밭에 성공의 씨앗, 행복의 씨앗을 붓자."
– 본문 중에서 –

항아리 속에 탁구공이 들어있다. 탁구공은 가벼운 몸으로 항아리 속을 헤집고 다니면서 구석구석 간섭하고 부딪히며 불평을 조장한다. 주먹이 들어갈 수 없을 정도로 주둥이가 작은 항아리에 들어있는 탁구공을 꺼내는 방법은 무엇일까?

이 질문에는 다양한 답변들이 있을 수 있다. 항아리를 깨어 버릴 수도 있고, 뒤집어 버릴 수도 있다. 그런가 하면 항아리에 물을 부으면 된다는 신중한 답변도 있다. 간단하게 집게를 이용해 집어 올리는 방법도 있다.

우선 항아리를 깨거나 뒤집지 않고도 쉽게 꺼낼 수 있는 집게를 생각해 보자. 처음에는 아주 쉽게 탁구공이 잡히겠지만 항아리의 목구멍쯤에서 자꾸만 걸려 공이 떨어져 버릴 것이다. 이것이 인생이다. 삶은 그리 호락호락하지 않다. 될 듯 안 될 듯 애간장을 태우는 과정들이 우리를 지치게 한다. 그러나 인내심을 가지고 묵묵히 항아리 속에 물을 부어보자. 조금씩 천천히 부어보자. 비록 인내와 시간을 요하지만 이 방법은 물이 차오르면서 탁구공이 떠오르고 물이 가득 차면 공이 물과 함께 자연스럽게 빠져 나오게 된다. 억지를 부리거나 병을 깨지 않아도 공은 저 혼자서 항아리 밖으로 빠져 나올 것이다. 이것이 성공이요. 행복이다. 이러한 과정을 나 자신에게 대비시켜 보자. 우리 안에는 분명 긍정적인 성공을 향한 힘이 있다.

그러나 항아리 저 안쪽, 내 몸 깊숙한 곳에는 탁구공과 같은 부정적인 요소 또한 존재한다. 그래서 사람들은 항아리 속에 들어있는 긍정적인 힘을 찾기보다는 부정적인 요소인 탁구공만 사라지면 행복해질 거라고 생각해 탁구공만 빼내려고 안간힘을 쓴다.

간단하게 탁구공만 꺼내면 된다는 안일한 생각은 노력 없이 성공을 꿈꾸는 것과 같다. 공기가 차 있는 항아리에서 탁구공만 빠지면 행복할 것이라는 믿음으로 그것만 빼내려고 안간힘을 쓰는 것이다. 그러나 한번에 빠질 것 같은 탁구공은 언제나 안달을 하게 만들 뿐 행복은 어디에서도 찾을 수 없다. 늘 부정적이고 불안하고 아무 것도 되는 일이 없다고 생각한다.

'내가 하는 일이 잘 될 리가 있겠어? 나라는 인간이 늘 그렇지 뭐' 하는 부정적이고 자기소모적인 생각을 하면 속은 점점 더 부정적인 탁구공으로 채워질 뿐이다. 결과적으로 평생 자신의 항아리 속에는 부정적인 탁구공들만 이리저리 움직일 뿐이다.

현재 자신의 상황이 긍정적이지 않다고 해도 억지로라도 긍정적인 생각을 넣어보자. '나는 할 수 있다. 내 속에는 분명 성공을 향한, 뭔가를 해낼 수 있는 힘이 있다.' 이러한 생각은 긍정적인 힘을 부어주므로 성공적인 말을 물 붓듯 묵묵히 붓는 것이다. 긍정적인 생각을 갖고 성공적이고 행복한 말로 자신에게 말을 걸고 목표를 향해 성공의 상상화를 그리는 공부를 하다 보면 자연스럽게 성공은 찾아온다.

　여기에서 중요한 것은 하염없이 물을 붓는 것이다. 처음에는 물을 부어도 공이 위로 올라오는 것을 느낄 수 없다. 그러나 중단하지 않고 계속 물을 붓는다면 공은 반드시 올라오게 되어있다. 적당히 붓고 공이 항아리 밖으로 빠져 나오기를 바래서는 안 된다. 공이 빠져 나오는 순간은 물이 항아리에 가득 찼을 때다. 그때까지 끈기를 갖고 붓는 것이다.

　대부분의 사람들은 때를 기다리지 못하고 이 정도 노력했는데 왜 안 되느냐고 불평한다. 그것은 아직 물이 차지 않았다는 사실이다. 노력이 부족하다는 증거다. 긍정이 보이지 않으면 더 열심히 노력하라. 자기 속에 힘이 있다는 것을 믿고 애를 써보라. 누구에게나 잠재능력이 존재한다. 물을 붓기 전에는 그 어떤 일도 포기하지 말라. 항아리의 크기가 사람마다 달라 부어야 할 물의 양이 다를 수도 있고, 병의 입구가 달라서 밖으로 나오는 형태가 다를 수도 있다.

　그러나 영원히 부정의 탁구공이 항아리 속에서 똬리를 틀고 앉아 있게 한다면 얼마나 한심한 일인가? 열심히 물을 붓자. 긍정의 물을 붓자. 탁구공이 빠져나와 온통 행복이라는, 성공이라는 단어들이 그 항아리에 가득 찰 것을 상상하면서 믿음을 갖고 물을 붓자. 그렇다면 언젠가는 반드시 억지로 손을 쑤셔 넣고 공을 꺼내려 하지 않아도 성공과 행복이 우리 자신의 항아리를 가득 채울 것이다.

항아리 속에 물을 붓듯 당신의 마음 밭에도 성공의 씨앗, 행복의 씨앗을 붓자.

반복의 힘

어린 시절 고향의 눈 쌓인 야산등성이는 아이들의 전용 놀이터였다. 눈이 쌓이면 동네 아이들이 하나 둘 산등성이를 기어오르고, 짚단을 들고 온 대장 오빠가 방향을 어느 쪽으로 잡는가에 따라 그날의 눈썰매 길이 결정 된다. 처음 짚단을 들고 산 아래로 내려 간 오빠 뒤를 따라 하나 둘씩 산을 오르내린다. 그렇게 한참을 놀고 나면 모두들 눈으로 옷이 젖는다. 집에 돌아가 엄마에게 꾸중들을 일이 무섭기도 했지만 동네 개구쟁이들은 발만 번쩍 들어올리면 신나게 내려 갈 눈길 맛에 추위나 꾸중 듣는 것쯤은 아랑곳하지 않았다.

썰매를 타기 시작할 때면 우리는 이미 도착지에 생각이 이르러 있었다. 이제 조금만 있으면, 발만 번쩍 들어올리면 '쫙' 내려간다는 비전이, 희망이 우리를 눈 쌓인 산등성이에 오르게 했다. 그 시절 나는 오빠, 언니들이 만들어 놓은 그 눈길 위에서 플라스틱 세숫대야에 앉아 눈썰매를 탔다. 돌이켜 생각해 보면 아련한 추억 속에 행복이 밀려온다. 인생의 길도 이와 마찬가지이리라.

어떤 생각이든 무슨 일이든 첫 시도가 중요하며, 그 시도와 함께 반복된 행동이 습관으로 이어지도록 하는 것이 무엇보다 중요하다. 우리 사고의 길도 이와 마찬가지로 처음에는 의도적인 노력이 필요하다. 성공을 위해 행복을 위해 어떤 생각을 해야 할 것인가? 부자가 되겠다고 대통령이 되겠다고 스스로에게 말할 때 그 누구보다 자기 자신이 스스로를 부정하게 된다.

'웃기지 마라! 네가 무슨 능력이 있겠는가? 돈이 있어, 빽이 있어?'

그러나 묵묵히 오르내리던 산등성이의 눈길이 멋진 썰매장이 되듯 우리 마음의 길도 묵묵히 그려내는 의도적인 사고의 흔적이 부정을 긍정으로 변화하게 한다. 이것은 비단 긍정적이고 성공적인 삶에만 적용되는 것이 아니라 부정적이고 실패한 인생에도 적용되는 것이다. '한 번쯤이야. 뭐 어때?' 하는 생각이 삶의 목표를 잘못 설정하게 만들고 잘못된 행동을 낳게 하며 그것은 어느새 습관이 되고, 성격이 되며 인격이 되어 실패하는 삶을 살게 하는 것이다.

윌리엄 제임스는 '어떤 생각이든 반복하고 반복하여 생각하면 그 생각이 잠재의식에 영향을 미쳐 행동의 원천이 되고 인생 어느 날인가 그 생각대로의 사람이 된다'고 하였다. 또 그의 저서 『심리학 원리(Pr-inciples of pyschology, 1890)』의 습관을 논하는 장에서 "습관은 사회를 조정하는데 막강한 힘을 가지고 있다."고 논술했다. 반복되는 행위는 "뇌 안에 길을 내어 에너지가 계속 그 길을 따라 다니게 된다."는 것이다.

 지금이라도 의도적으로 마음의 눈길을 만들고 성공의 길, 행복의 길을 가슴에 새겨보자. 그리고 바로 지금 할 수 있는 일을 시작하자. 묵묵히 오르내리는 그 행위가 습관을 만들고 운명을 만드는 것이다. 어떤 상황에서든 방법을 찾는 습관의 사람이 되자!

큰 소리로 말하기

"태양을 바라보고 살아라.
너의 그림자를 보지 못하리라."
─ 헬렌 켈러 ─

인간은 반복해서 하는 자기대화(self-talk)를 통해 잠재의식에 씨를 뿌리게 된다. 이것을 심리학적인 용어로 '각인'이라고 한다. 자신의 잠재의식에 도장을 찍는 것이다. 그 각인은 생각의 씨앗이 되어 행동이라는 싹을 틔우게 하고, 행동의 반복을 통해 습관을 형성하며 그 사람의 행복과 불행을 결정하는 중요한 요인이 된다.

긍정적인 생각보다 부정적인 생각을 많이 하는 사람은 말도 그렇게 하게 되고, 그런 말을 자주 반복하다 보면 자기도 모르는 사이에 부정적이고 목표를 잃어 표류하는 사람이 되어간다. 반면에 긍정적으로 생각하고 긍정적인 말을 하게 되면 어느새 자신이 그 긍정적인 언어의 주인공이 되어 가고 있음을 느끼게 된다.

영어 시간을 한번 생각해보자. 영어 선생님은 문장을 크게 소리 내어 읽으라고 말씀하신다. 발음도 자신 없는데 자꾸 읽으라고 해서 곤란했던 기억들이 누구나 있을 것이다. 하지만 선생님이 소리 내어 읽으라고 하는 데는 다 이유가 있다. 영어 문장을 소리 내어 읽으면 한 문장을 세 번 입력하는 효과가 있기 때문이다. '눈'으로 문장을 읽고, '입'으로 발음해 보고, 자신의 목소리로 자신이 읽은 문장을 다시 '귀'로 듣기 때문이다. 눈으로만 읽는 것보다 세 배의 효과가 있다. 인간이 갖고 있는 오감 중에서 3개의 감각을 동시에 활용해 문장을 읽는 것이 된다.

셀프 토크도 이런 효과를 활용하는 것이다. 긍정적이고 의미 있는 문장을 눈으로 읽고, 상상하고 자기 내면의 언어로 만들어 그 언어를 반복하고 소리 내면서 자기 암시를 하는 것이다. '그래 씩씩하고 긍정적인 사람은 이런 생각들을 하겠지. 나도 그 사람처럼 될 거야!' 그러나 '나 같은 사람이 이런 말을 한다고 인생이 달라지겠어.' 하고 단정지어 덮어 버린다면 달라진 자신의 모습을 어쩌면 평생 보기 힘들지도 모른다. 하고 싶지 않아도, 용기가 나지 않더라도 일단 문장을 소리 내어 읽어보자. 신이 주신 내 신체의 능력을 전부 동원하여 읽어보자. 눈으로 읽고, 입으로 발음하고, 귀로 들으며, 긍정적인 생각을 내 머리라는 그릇에 담아보자. 의식할 수 없는 잠재의식이라는 커다란 보물창고에 성공의 씨앗을 뿌리자는 것이다.

무심코 하는 말도 긍정적이고 행복을 부르는 말을 하자. 지금 불행이라고 생각하는 터널을 빨리 빠져나가고 싶다면 전문가들이 만든 셀프 토크 문장을 읽어보는 것도 방법이다. 창피하고 말문이 떨어지지 않는다면 방문을 걸어 잠그고 작은 소리로 읽어보자. 자신의 귀에 들릴 정도면 충분하다. 아침에 일어나서, 잠자리에 들기 전에라도 반복해보자. 사람들이 많은 곳이라면 눈과 입만이라도 반복해보자. 내 잠재의식이라는 최대 용량의 컴퓨터에 계속해서 입력해 보자. 반드시 좋은 아웃풋이 나올 것이다. 그것은 당신의 잠재의식이 약속하는 것이다.

태양이 솟아오른다.

빛나는 나의 태양이 솟아오른다.

나는 성공을 위해 불타오르는 태양을 맞이하겠다.

나에겐 힘이 있다. 나는 무한한 힘 속에 둘러 싸여 있다.

나는 성공을 계약 받고 태어난 몸이다.

그러므로 성공은 틀림없는 나의 것이다.

과거는 이미 지나갔다.

그것은 오늘을 위한 시금석이었다.

나에겐 바로 오늘이 중요한 것이다.

한 치만 더 내려가면 황금 광맥이 흐른다.

나의 머리는 적극적이고 긍정적인 사고로 가득 차있고

나의 두 눈은 누구보다도 예리한 관찰력을 가지고 있으며

나의 가슴은 용광로보다 더욱 뜨겁게 불타오르고 있다.

나는 기어코 해내고야 말겠다.

○ ○ ○ 은 성공자다.

아카바의 선물

"나는 오늘부터 새로운 삶을 누리리라.
사랑의 충만함으로 오늘을 맞이하리라. 성공할 때까지 투쟁하리라.
최후의 순간처럼 오늘을 살리라. 나는 웃으며 이 세상을 살아가리라."
– 『아카바의 선물』 중에서 –

언제부터인가 삶이 힘들고 지칠 때, 책에서 위로를 찾곤 했다. 특히 다음에 소개되는 문장들은 내 가슴속에 깊이 아로새겨져 내 철학과 신념의 주춧돌이 되었고 피와 살이 되었다. 다음의 글을 나지막이 읊조리다 보면 늘 힘이 솟고 마음이 편안해진다.

오그 만디노(Og Mandino)의 『아카바의 선물』 중에는 이런 말이 있다.

노력, 그 최후는 신에게 맡기기로 했다.

신이시여! 저를 도와주소서! 오늘이 제가 바로 알몸으로 새로이 태어난 날입니다. 당신의 따뜻한 인도의 손길이 없다면 저는 성공과 행복을 찾을 수가 없습니다. 당신은 사자와 독수리에게 그들의 이빨과 발톱으로 어떻게 그들의 먹이를 사냥하는가를 가르치셨습니다.

말로써 어떻게 사냥을 하고, 사랑으로 어떻게 번성할 수 있는지를 저에게도 가르쳐 주십시오! 그리하여 저로 하여금 세상의 모든 사람들

중에서 사자가 되고 독수리가 되게 하여 주소서!

고난과 실패를 당하더라도 침착을 잃지 않게 하여 주시고 그리고 성공과 함께 안겨지는 당신의 축복에 눈이 멀지 않게 하소서!

다른 사람들이 실패했던 일을 저에게 주십시오. 그러나 그들의 실패로부터 저는 성공의 열매를 맺을 수 있도록 인도해 주십시오!

나에게 나의 목적에 도달할 수 있는 충분한 힘을 주십시오. 그러나 오늘이 마치 최후의 날인 것처럼 살아갈 수 있게 하여 주십시오.

나의 말의 결실을 맺을 수 있도록 인도하여 주소서!

그러나 다른 사람을 험담하거나 중상모략하지 않도록 해 주소서!

계속 노력할 수 있는 습관을 기르게 하여 주시고, 인내심을 주시오며, 좋은 습관이 몸에 배게 하시고 그로 인하여 좋은 습관의 노예가 되어 성공의 길을 향하게 도와주소서.

그러나 이 모든 것은 당신에게 달렸습니다. 나는 원래 작고도 외롭게 매달려 있는 포도송이입니다. 그러나 당신은 저를 모든 다른 것들과는 특별히 다른 것으로 만들어 주시지 않으셨습니까? 그러니 참으로 합당하게 쓰일 곳으로 저를 인도하여 주소서!

나는 자연의 가장 위대한 기적이다

"인생은 일회전이다.
봄, 여름, 가을, 겨울 사계절은 끝없이 반복되지만
우리 인생의 사계는 한번으로 끝이 난다."
- 본문 중에서 -

인간이라면 누구나 욕망이 있다. 그 욕망이 크건 작건 사람들은 부지런히 일하며 땀 흘리고, 그 목표를 향해 한 걸음씩 다가가고 있다. 앞서 나온 『아카바의 선물』 이야기는 성공하겠다는 의지가 굳은 사람에게 결코 실패란 없으며, 행복해야겠다는 굳은 의지에 결코 불행은 따르지 않는다는 것을 상징적으로 말해 준다.

그 이상적인 목표를 달성하는 방법에 대해 현명한 사람은 지름길을 발견해 보다 빠른 성공을 이루어 행복한 생활의 기쁨을 누리고 있다. 그러나 그렇지 못한 사람들은 그저 평범하고 지루하게 살다가 덧없이 지구상에서 사라져 간다. 현재의 생활보다 풍요로운 생활로의 도약을 바라지 않는 사람은 세상에 단 한 사람도 없을 것이다.

비정한 현대 사회의 늪에서 벗어나지 못해 가난에 찌들고 말라비틀어질 운명이라면 너무나 슬프고 참혹하다. 나는 그 흔해 빠진 가난의 그늘에서 벗어나 푸른 잔디가 끝없이 깔리고 정원에 갖가지 과일이 주렁주렁 열리는 낙원 같은 집에서 살기를 원한다.

그러나 이것은 절대로 불가능한 일이 아니다. 결코 특별한 소수만을 위한 전유물이 아닌 나에게 주어질 내 운명의 그릇이다. 성공의 그릇이다. 여기에 가장 **빠른** 지름길이 있기 때문이다. 그렇다면 우리는 왜 이토록 성공을 갈구하고 행복해야만 하는가?

인생은 일회전이기 때문이다. 봄, 여름, 가을, 겨울 사계절은 끝없이 반복되지만 우리 인생의 사계는 한번으로 끝난다.

다시 한번 살아 볼 수 있는 기회가 우리에게는 없다. 누구나 태어나 사랑을 하고, 일하다 죽는다. 인생의 사계(봄=탄생, 여름=사랑, 가을=활동, 겨울=죽음)는 반복이 없는 일회전이므로 순간순간 나에게 주어진 삶을 보람 있고 행복하게 살아가자는 것이다. 그 행복의 약속이 여기에 있다. 인생에서 행복과 성공으로 가는 지름길이 여기에 있다. 먼저 자신이 위대한 잠재력을 지닌 무한한 가능성의 소유자임을 자각하는 것이다.

성공한 사람과 실패한 사람의 차이는
습관에 있다

"좋은 습관은 모든 성공의 열쇠이다."
- 본문 중에서 -

사고가 바뀌면 행동이 바뀌고, 행동이 바뀌면 습관이 바뀌고, 습관이 바뀌면 성격이 바뀌고, 성격이 바뀌면 인격이 바뀌고, 인격이 바뀌면 운명이 바뀐다.

인간은 습관의 노예가 되어 성공과 실패의 인생을 산다. 기왕 노예가 될 바에는 좋은 습관의 노예가 되자. 한 가지 습관을 제거하는데 그 반대적인 행동으로 그 반대의 습관에 의해서만 또는 다른 습관에 의해 습관의 변화가 가능해진다. 우리가 옷을 갈아입듯이 습관의 옷도 다른 습관으로 갈아 입을 수 있다.

먼저, 부자가 되고 싶다는 꿈을 꾸자!

내가 부자가 되었을 때 나는 어떤 모습일까?

파랗게 잔디가 깔린 정원, 그 정원에는 온갖 과일나무와 열매들, 갖가지 꽃들이 계절을 다투어 피어나고, 하얀 비치파라솔 그리고 그 아래 흔들의자에 앉아 온 가족이 모여 담소를 즐기고 아이들이 신나게 뛰어노는 행복이 가득한 보금자리를 상상해 보라! 아마 가슴이 두근두근 뛸 것이다. 머리 속에 반복되는 그림을 그려라. 그리하면 행동의 동기가 사고 속에서 출렁거리기 시작할 것이다.

웃으면서 이 세상을 살아가리

"낙천은 사람을 성공으로 이끄는 신앙이다."
- 헬렌 켈러 -

얼굴이 웃으면 마음도 웃는다. '나이 사십이면 자기 얼굴에 책임을 져야 한다'는 한 링컨의 말을 빌리지 않더라도 사십 년이라는 오랜 세월을 살다 보면 생활 속에서 배어나오는 그 사람 특유의 색깔이 얼굴에 나타난다. 즉 마음이 웃으면 얼굴도 웃기 마련인 것이다.

큰 바위 얼굴을 바라보며 자란 소년이 성인이 되어 그 바위가 자신의 얼굴임을 알고 인생의 의미를 깨닫는다. 얼굴이 웃으면 마음이 웃고, 마음이 웃으면 몸이 웃고, 몸이 웃으면 인생은 승리한다.

소설 『멍게』를 쓴 작가는 태어나자마자 강보에 싸인 채 머나먼 이국 땅으로 입양되어 갔다. 그는 40이 넘어 고국 땅을 밟았고, 자신의 뿌리를 찾겠노라 TV에 출연했다. 출생의 비밀을 알게 되면서 절망과 슬픔 속에서 살았을 법도 한데 그의 모습에서 어두운 그림자는 찾아 볼 수 없었다. 연신 싱글벙글하는 그의 웃음은 얼굴만이 아니라 몸 전체가 웃고 있었다. 그를 키워준 양부모가 그에게 신념과 용기를 주어 외교관의 꿈을 다지게 만들었고, 인간을 사랑하는 따뜻함을 가르쳤으며 무엇보다 소중한 웃음을 가르쳐 주었던 것이다.

그는 자신을 낳아 준 부모의 나라 한국을 지구본에서 손가락을 짚어가며 꿈을 키웠고, 태극기를 방에다 걸어 두고 자신을 버린 조국을 그리워했으며 언젠가는 찾아가리라 마음먹었다. 하루하루 그 꿈을 그의 얼굴에 그리고 마음에 새겼다. 그리고 마침내 그 꿈은 40세 때 이루어졌다. 서투른 한국어 실력으로 후에 다시 찾아와 부모를 찾겠노라 이야기하던 미 문화원장 임모씨. 그의 환한 웃음은 기필코 자신의 소원을 성취하게 될 징표였다. 얼굴이 웃으면 마음이 웃고, 마음이 웃으면 몸이 웃고, 몸이 웃으면 인생은 성공한다.

제 3 부

영혼으로
부르는 노래

노래는 영혼의 소리다

🌳

"뇌에서 각성제와 같은 작용을 하는 도파민이라는 호르몬이 분비되면
마음이 밝아지고 즐겁게 되고 기력이 솟아난다.
노래를 부를 때 즐겁고 행복하면 도파민의 분비가 활성화되며
이는 건강과 행복을 선물한다."
– 본문 중에서 –

노래는 영혼의 소리다. 그것은 자신의 내부에서 울려 나오는 아름다움이며, 하늘이 주신 최고의 선물이다.

노래는 하나의 공간적 세계다. 피타고라스는 음의 세계가 정확한 숫자에 의해 지배된다는 점을 밝혀냈다. 나아가 그는 시각의 세계에도 그 논리가 존재한다는 사실을 증명했다. 노래가 인간의 정신을 통제한다는 사실을 그 당시에 이미 알고 있었던 셈이다. 그 세계는 풍부한 감정과 상상력을 바탕으로 한다.

노래는 흥분과 진정, 긴장과 이완, 반복과 변화, 강약과 완급 등 여러 가지 상반되는 요소가 어우러져 우리에게 전달된다. 부드럽고 역동적인 흐름을 통해 우리의 마음을 즐겁고 행복하게 만든다. 그래서 우리는 노래를 부르거나 음악을 들을 때 카타르시스를 맛보며 감정의 조율 효과를 얻을 수 있다.

사람은 각기 음악적인 취향이 다르다. 클래식 파, 팝송 파, 가요 파, 가스펠 파 등 자신이 어린시절부터 들어왔던 음의 세계를 통해 형성된 기호(嗜好)는 일생을 함께 한다. 노래를 듣는 데 가장 중요한 것은 자신이 좋아하는 곡을 듣는 것이다.

노래 부르는 행위를 체계적으로 사용하면 인간의 신체와 정신기능을 향상시켜 행동의 변화를 가져오게 한다.

노래는 인간이면 누구나 본능적으로 좋아하게 마련이다. 음악에 몰입하다보면 자연스럽게 몸과 마음을 열게 된다. 이때 적극적이고 긍정적인 마인드를 심어 주면 자연스레 기능적 변화를 가져오게 된다. 인간의 마음을 억지로 바꾸는 다른 어떤 인위적이고 기계적인 노력도 노래를 통한 개조보다 못하다. 그만큼 노래는 인간을 변화시키는 과정이 자연스럽다.

노래는 우울증, 불안증, 노이로제, 신체장애질환, 학습장애 질환 등을 치유 한다는 게 정설이다. 또한 태교와 산모의 출산에 대한 공포를 경감시킬 수도 있다. 죽어가는 사람의 정신적 평안함을 보장해 주기도 한다. 여기에다 육체적으로는 스트레스를 누그러뜨리고 면역력을 강화하는 효과도 있다.

노래의 목적은 듣는 이로 하여금 생리적 반응을 유발시켜, 정서적 변화는 물론 사회성, 대인관계의 충만함을 기하는데 목적이 있다. 이는 여러 임상실험을 통해서도 증명되고 있다.

고대 이집트인과 히브루인, 중국인들이 즐겨 사용했던 향은 여러 가지 화학적 성분을 흘려보냄으로써 인간의 정신을 안정시켜 주고 쾌적한 기분을 느끼게 해준다. 레오나르도 다빈치는 신선한 장미수를 준비해서 손을 담근 다음 라벤더 꽃을 손바닥에 놓고 부비는 것을 즐겨 했다고 한다. 노래는 바로 이런 향이 음(音)으로 나오고 있는 것이라 보면 된다.

미국의 한 정신과 전문센터에서 실시한 뇌 연구에 의하면 뇌에서 각성제와 같은 작용을 하는 도파민이라는 호르몬이 분비되면 마음이 밝아지고 즐겁게 되고 기력이 솟아난다고 한다. 노래를 부르면 도파민의 분비가 활성화되어 실제로 우울증 환자가 자신이 좋아하는 노래를 듣고 나은 사례도 있다.

노래가 엔도르핀 분비와 관련이 있다는 것이 차츰 정설이 되어 가고 있다. 미국 템플대학의 실험결과에 의하면, 식물이 자랄 때 아름다운 클래식을 틀어주면 식물이 소리가 나오는 방향을 향해 자라고, 시끄러운 소음을 들려주면 소리의 반대 방향으로 자라다가 시들어 죽는다고 한다. 또 젖소에게 아름다운 선율의 클래식을 틀어주면 시끄러운 음악을 틀어주었을 때보다 젖이 많이 나온다는 사실도 밝혀졌다.

노래는 인간에게도 큰 영향을 미친다. 일본의 가네무라라는 심리학자가 태국의 밀림 깊은 곳에서 녹음해 온 소리와 도쿄 등 시끄러운 도심에서 녹음해온 소리를 사람들에게 들려주었더니 전혀 다른 반응을 보였다고 한다. 밀림에서 녹음해 온 소리를 들은 사람의 뇌에서는 알파파가 시끄러운 도심의 소리는 베타파를 발생시켰다.

노래를 부르거나 음악을 들으면 알파파보다 정묘한 세타파가 나온다. 이것은 마음을 편안하게 할 뿐 아니라 심신에 치유력을 발휘하는 파동이다.

레오나르도 다빈치는 노래(음악)란 '보이지 않는 것들의 모양을 만드는 것'이라고 갈파했다. 인간 정신의 모양을 노래로써 만들어 낼 수 있다는 말이며, 이것은 곧 긍정과 부정의 마인드를 노래가 형성해 낸다는 말이다. 노래를 듣는 방법에 대해 그의 의견을 들어보자. 그는 다음의 3가지 방법으로 음악을 듣기를 권한다.

• 우선 좋아하는 음악을 10곡 정도 고른다.
• 클래식이든 가스펠이든 재즈든 대중가요든 상관없다.
• 한 가지 장르를 정해 1주일 정도 푹 빠져 부르거나 듣는다.

다빈치는 노래를 '청각 르네상스를 향해 항해하는 것'이라 말했다. 그는 대체적으로 아래와 같은 음악을 걸작으로 꼽았다.

• 모차르트의 레퀴엠
• 바하의 B단조 미사 브란덴브르크 협주곡
• 베토벤의 교향곡 9번 합창
• 쇼팽의 야상곡
• 브람스의 독일 레퀴엠
• 말러의 6번 교향곡
• R.스트라우스의 아름답고 푸른 도나우
• 드뷔시의 서곡
• 스트라빈스키의 발레조곡 불새, 봄의 제전

- 베르디의 아이다
- 푸치니의 라보엠

기타 필자가 선정한 음악은 다음과 같다.

- 베토벤의 호리오란 서곡 corioan op.62, 영웅 제3악장
- 브람스의 클라리넷 5중주, 대학축전 서곡
- 리스트의 헝가리 광시곡 제2번
- 바하의 이탈리아 협주곡, 칸타타 2번
- 하이든의 시계 교향곡
- 시벨리우스의 핀란디아
- 베토벤의 월광 소나타
- 루빈스타인의 F장조와 멜로디
- 브람스의 헝가리 무곡 제5번
- 하차투리안의 칼의 무곡
- 포스터의 스와니강, 켄터키 옛집, 올드 블랙죠
- 브람스의 헝가리 무곡
- 요한 슈트라우스의 왈츠곡들
- 인도 민속음악 사랑가
- 스페인 탱고 음악
- 베토벤의 현악4중주
- 림스키 코르사코프의 호박벌의 비행
- 비발비의 사계 중 가을

- 라흐마니노프의 제3번 피아노 협주곡
- 베르디의 운명의 힘 서곡
- 헨델의 메시아
- 바그너의 탄호이저 서곡
- 베토벤의 피아노 협주곡 제5번 Eb장조 황제

슬픈 노래는 슬픈 운명을 만든다

🌳

"노래를 통해 연상되는 현상들은 하나의 성공상상조감도가 될 수 있고
부정적 암시가 될 수도 있다."
- 본문 중에서 -

노래가 인간에게 미치는 영향은 어느 정도일까? 어느 책에 의하면 장조와 단조 및 개개의 조선(調線)에는 각각 성격 차이가 있어 그것이 인간의 심적인 상태, 감정, 정서의 여러 형태를 표현한다고 한다. 또한 단조는 슬픔의 성질을 가지고 있고, 장조는 기쁨의 성질을 가지고 있다고 설명한다.

C장조는 축제나 기쁨의 감정을 표현할 때 사용하고, G장조는 강하고 쾌활하며, D장조는 호전적이고, A장조는 공격적이나 때에 따라 슬픈 정서를 표현할 때에도 사용한다. E장조는 절망과 비통한 슬픔을 표현하며 희망이 없을 때보다 더 적절하게 사용된다. F장조는 매우 아름다운 감정을 표현하고, Bb장조는 매우 즐겁고 화려하고 당당하고 사랑스러움을 나타낸다. Eb장조는 장중하고 착실한 반면, C단조는 사랑스럽지만 슬프다. A단조는 비탄적이나 착 가라앉고, 잠이 올 것 같으

나 불쾌하지 않다. D단조는 겸허하고 부드러우며 쾌적한 만족감을 준다. G단조는 아름답고 우아하며 숭고하다. F단조는 깊고 무거운 절망과 거친 치명적인 불안, 우울에 최적하다. E단조는 깊은 생각, 침묵, 위로를 필요로 하는 조며, B단조는 우울하고 불쾌와 근심이 특징이다. 이처럼 장조와 단조에는 서로 다른 느낌이 있고, 이러한 느낌은 인간의 정신활동에 많은 영향을 끼친다고 마태죤은 말한다.

그의 말처럼 음악이 인간의 심리에 미치는 영향은 매우 지대하다. 명랑하고 밝고 건전한 음악은 인간의 마음을 밝고 명랑하게 만들어 주지만, 어두운 음악을 들으면 자신도 모르게 어두운 마음을 갖게 된다.

음악을 개인이 만들어 대중화시키는 일은 어렵다. 하지만 음악을 선택해 들을 수 있는 자유의지가 있으므로 즐겁고 경쾌하며 비전 있는 노래를 선택할 것인가, 슬프고 비탄에 빠져 퇴폐적인 노래를 부를 것인가를 결정하는 것은 매우 중요하다. 우리의 의지로 선택한 음악이 우리의 삶을 결정하기 때문이다.

집에서 나오기 전에 들었던 아내의 잔소리가 근무 내내 귓전에서 맴돌고, 운전중에 혹은 집에서 듣던 음악을 자신도 모르는 사이 흥얼거리게 된다. 우연히 들은 멜로디나 가사가 머리 속을 맴돌면서 쉽게 떠나지 않는 것처럼 반복 언어를 학습하는데 노래는 매우 중요한 역할을 한다. 마치 연못 속에 돌을 던지면 파문이 일듯 사고 속에 던져지는 단어들은 살아 움직여 인간의 사고에 파장을 일으키는 것이다. 그것이 장조든 단조든 긍정적인 단어든 부정적인 단어든 인간의 사고는 입력되는 대로 흔적이 남는다. 우리들이 선택한 노래에는 분명 자기 나름대로의 사연이 있고, 노래 속에는 무한한 이미지가 도사리고 있다. 우리는 노래 속에서 사랑을 느끼고 이별을 느낀다. 노래를 통해 연상되는 현상은 하나의 성공상상 조감도가 될 수도 있고, 부정적 암시가 될수도 있다. 노래는 단어나 문장을 반복해서 사용하므로 언어를 인지하는데 매우 유용하다. 보통 같은 언어를 반복하면 싫증을 느낄 수 있는데노래의 반복은 감정을 고조시키고 언어를 음미하게 되므로 기억의 강화작용이 일어나기도 한다. 노래 속에는 무한한 힘이 숨어있다. 성공과 행복이 있는 반면 불행과 실패도 들어있다. 노래란 그 사람이 어떻게 의미화(파롤 언어)해서 되새기느냐에 따라 다르다. 슬픈 노래를 부르더라도 그 속에서 힘을 얻을 수 있다. 재기의 꿈을 꾸면서 슬픔을 토해 낼 수도 있고, 슬픔 속에 빠져 더욱 그 슬픔 속에 자신을 몰입할 수도 있다. 노래를 부르는 사람에 따라 노래의 가치도 달라지는 것이다.

노래가 개인에게 미치는 심리적 효과로는 다음 네 가지로 간추릴 수 있다.

첫째, 의사소통(Communication)의 기능을 가진다.
둘째, 연상기억(Association)으로 개인적인 음악 체험은 기억 속에 깊은 흔적을 남기며, 언제라도 인간의 의식 밖으로 표출될 수 있는 가능성이 있다. 무의식 속에 잠재되어 있는 기억하지 못하는 경험도 음악을 들으면 연상되는 것이 심리적 반응이다. 이는 반복을 통해 강화된다.
셋째, 자기표현(Self-Expression)으로 심층의 정적 감동을 의식 쪽으로 끌어내 자신을 표현하게 되는 것이다.

넷째, 동일시(Identification)현상으로 인간은 자기 자신이 해석할 수 있는 음악과 자기를 동일시하여 일체감을 갖는 심리가 있다. 노래는 본능(id), 자아(ego), 초자아(superego) 모두와 관계가 있기 때문에 인간 경험의 전 범위를 표현할 수 있다.

어떤 사람들은 그냥 노래를 즐겁게 부르면 되지 왜 굳이 기능을 따지느냐고 이야기 할 것이다. 그럼 이렇게 이야기해보자.

서로 좋아하는 남녀가 있다. 그러나 남자는 여자가 자신을 좋아하는지 잘 모르겠고 여자 역시 남자가 자신에게 관심은 있는 것 같은데 어쩐지 고백을 하지 않는다. 자신이 무턱대고 다가갔다가 거절을 당하면 자존심이 상할 것 같아 망설이고 있다.

이렇게 서로의 마음만 재고 있던 두 사람이 어색한 데이트를 하다가 노래방에 갔다. 남자는 자신의 마음을 노래로 표현해야겠다고 생각했다. 사실은 그녀를 생각하며 부르던 노래였다.

'이 세상에 하나밖에 둘도 없는 내 여인아…….'

남자는 노래를 부른 후 수줍게 여인을 쳐다보았다. 여인의 얼굴에 홍조가 가득했다. 그리고 여자가 마이크를 받아 노래를 부르기 시작했다.

'우리 만남은 우연이 아니야…….'

두 사람은 그렇게 서로의 마음을 확인했다. 노래방을 나올 때 두 사람은 자연스럽게 손을 잡고 있었다.

평범한 두 남녀의 짧은 스토리이지만 우리는 이 이야기에서 노래의 기능을 확연히 엿볼 수 있다. 자신의 마음을 전하고 싶었던 그들은 노래를 통해 심중에 있던 '사랑하고 있다'는 뜻을 전했다. 바로 사랑이라는 '의사'를 전달한 것이다. 노래를 부르면서 남과 여는 자기를 '표현'한 것이다. '사랑'이란 노래와 '만남'이라는 노래 속에 등장하는 연인들과 자신을 '동일시'하여 사랑을 고백하고, 그 마음을 서로 받아들인 것이다. 노래가 없었다면 이들의 사랑 고백은 얼마나 긴 시간이 필요했을까?

노래를 통해 우리는 이렇게 많은 것을 할 수 있다. 이것이 노래가 갖고 있는 힘이다. 노래는 상대에게 감정을 전달하는 힘도 있지만 혼자서 부를 때도 똑같은 힘을 발휘한다.

앞에서 자기대화에 관한 이야기를 했다. 성공에 관한 말을 써서 이것을 소리 내어 반복하자. 그러면 우리의 머리는 그 말에 세뇌를 당하고 실제로 성공에 이를 수 있다. 자기대화는 눈, 입, 귀라는 우리 신체의 3감을 이용해 자신을 움직이는 것이다.

여기에 자기대화를 넘어선 자기노래(self-song)의 힘을 말하고 싶다. 노래를 부르는 것은 자기대화처럼 눈, 입, 귀로 입력하고, 덧붙여 감성을 담는 마음을 이용한다는 점에서 더 강한 힘으로 다가온다. 우리가 갖고 있는 감각 중 4감을 이용해 자신을 표현하고 느낌을 전달하고 자신에게 이야기하는 것이다.

노래의 힘은 의사전달 도구로써 다른 사람에게 사용해도 큰 힘을 발휘하지만, 그 화살을 자신에게 돌리면 더욱 큰 힘을 발휘할 수 있다. 슬프고 우울한 노래를 부르기보다는 행복하고 긍정적으로 감정을 몰고 갈 수 있는 노래를 부르자. 처음에는 마음의 문이 안 열릴지도 모른다. 그러나 4감을 통해 노래를 부르다 보면 어느덧 생각은 노래 가사처럼 변화된다. 행동이 습관을 바뀌게 하고 습관을 통해서 사람은 변화하는 것이다.

성형외과 의사이며 심리학자인 맥스웰 말츠는 '인간에게 어떤 환경의 변화가 와도 21일 정도의 기간이 지나면 또 다른 습관이 만들어 지거나 적응하게 된다'고 했다. 이사를 가면 처음에는 그 집이 낯설고 집으로 돌아가는 길도 어설프다. 그러나 한 달 정도 지나면 모든 것들이 익숙해지는 경험을 누구나 해 봤을 것이다. 사람은 그런 것이다. 행동과 습관으로 자신을 만들어 가는 것이다. 습관은 제2의 천성이라고 했다. 4감을 동원해 노래를 부르면 습관 이상의 힘을 발휘할 수 있다.

나는 긍정적인 사고가 인간에게 얼마나 중요한 영향을 미치는가를 수없이 보아왔다. 그래서 언제나 긍정적이고 밝은 노래를 불러 왔고 또한 많은 사람들에게 이것의 중요성을 강조해 왔다. 노래에 숨어있는 노래의 기능 즉 노래의 연상기억과 동일시 현상이 현재화되어 인생행로를 결정짓기 때문이다. 슬픈 노래는 슬픈 인생을 만들고, 즐겁고 행복한 노래는 행복하고 성공적인 삶을 이끈다.

오늘부터 듣는 음악, 부르는 노래는 모두 긍정적이고 에너지가 넘치는 것으로 바꿔보자. 성공을 향해서 말이다.

노래 최면 걸기

"슬픈 노래는 슬픈 사랑을
슬픈 사랑은 슬픈 운명을 만든다.
그러나 기쁘고 희망찬 노래는 기쁘고 희망찬 삶을 만들어 준다."
– 본문 중에서 –

인간의 마음에 내재한 희망이라는 붉은 태양은 고난을 승리로 승화시키고, 실패에서 성공의 씨앗을 만들어 낸다. 만약 인간에게 희망이라는 태양이 없었다면 삶은 유지될 수 없을 것이다. 희망은 인간 생명의 핵심 요소이자 정신력의 등대이다. 희망은 용기의 어머니요, 생명의 추진력이다. 희망은 약자에게 용기를 주고, 가난한 자에게 꿈을 주고, 불행한 자에게 위안을 준다. 인간답게 산다는 것은 밝은 희망을 가지고 태양처럼 뜨겁게 사는 것이다. 가슴에 태양을 품으면 입술에서는 희망의 노래, 용기의 노래, 행복의 노래, 감사의 노래, 평화의 노래, 창조의 노래, 생명의 노래, 승리의 노래가 저절로 나오게 된다.

자기 대화의 전문가인 쉐드 햄 스테이터는 인간이 구사하는 언어에 의해 사고가 변화되고 운명이 개척된다고 하였고, 나폴레옹 힐은 그의 저서 『생각하라! 그러면 부자가 되리라(Think and Grow Rich)』에서 자기암시의 중요성을 언급하고 있다. '자기암시는 오감(五感)을 통해서 모든 시사(示唆:미리 암시하여 일러줌; 귀띔) 감응(感應:무엇에 접촉하여 마음이 움직임) 및 자발적인 충동을 당신의 결심으로 만들어 주는 매체이다' 라고 했다. 즉, 자신이 암시하는 것 그대로 자신이 만들어진다는 의미다. 자기암시란 자신에게 일종의 최면을 거는 것과 같다. 자신의 마음속에 언어적 자극을 주고, 특정한 의미를 부여해 자신의 잠재의식에 그 언어와 상상한 파롤언어를 반복적으로 각인시켜 나가는 것이다. 돈을 버는 것도 자신이 부자가 될 수 있다고 늘 생각하며 최면을 걸고 노력하면 가능하다는 것이다. 즉 반복된 언어는 그 사람의 사고를 자극하고, 사고는 행동을 변화시키고, 반복된 언어 행위나 신체 변화 등은 습관을 만들고, 습관은 성격을 변화시켜 성격은 인격을, 그리고 나아가 인간의 운명을 바꾼다.

그렇다면 노래는 자기 대화에 어떤 역할을 할까?

노래를 통한 자기암시는 일반적인 자기 대화보다 몇백 배 그 효력이 증대된다. 우리는 특정한 음률과 노래 가사 속에서 자신의 사랑과 행복과 슬픔을 경험한다. 인간의 잠재의식은 실제경험과 간접경험 즉 상상적인 경험마저도 따로 구분하지 못하고 다만 의식적으로 주어지는 모든 정보를 받아들인다고 한다.

1987년 5월 25일 일간 스포츠에서 명랑한 노래를 계속 부르면 자신도 모르는 사이 명랑한 성격으로 바뀌고 장수한다는 실험결과를 보도한 바 있다. 경희대학교 서정범 교수는 "슬픈 노래를 3,000번 이상 부를 경우 그 자신도 슬프다는 감정을 갖게 돼 결국 슬픈 운명에 빠지기 마련이다." 라고 했다. 노랫말 연구회 박상회 회장은 "슬픈 노래는 슬픈 운명을 낳는다." 라고 했다.

그렇다면 노래와 사회변화의 관계는 어떨까?

일반 대중들이 즐겨 부르는 노래를 대중가요라고 한다. 대중가요는 그 시대를 대변하고 그 사회를 반영하는 거울이라고 할 수 있다. 각 시대마다 히트한 노래들을 보면 당시의 사회상을 볼 수 있다. 대중가요는 일반대중들의 희망사항을 간접적으로 표현해 다가올 시대를 예고하기도 한다. 이것은 사회 현상을 예견하고 역사를 준비한다고도 볼 수 있을 것이다. 노래가 바꾸는 사회는 10년이 주기라고 한다. 하나의 노래가 10년 동안 대중의 입에서 불리워지면 사회가 변화하는 것을 역사 속에서 읽을 수 있다.

1910년 경술국치(한일합방) 이후 우리 국민들은 절망 속에 신음해야 했다. 희망을 말할 수 없었고 비전을 노래할 수 없는 너무나 엄청난 비극이 시작되었다. 당시 대중이 부른 노래는 단연 절망과 좌절의 노래가 주를 이루었다.

그 대표적인 예로 '울밑에선 봉선화야 네 모양이 처량하다. 길고 긴 날 여름철에 아름답게 꽃 필적에' 로 시작되는 〈울밑에선 봉선화〉를 들 수 있다. 이 노래가 일제의 그늘 속에 살아야 했던 우리 민족의 감성을 표현하고 있음을 모르는 사람은 없을 것이다.

1925년에 만들어진 이바노비치의 〈다뉴브 강의 물결〉에 노랫말을 붙여 취입한 〈사의 찬미〉는 한 개인의 사랑을 넘어 숭고한 조국애를 그리고 있다.

'광막한 광야를 달리는 인생아 너는 무엇을 찾으러 왔느냐…….' 는 가사의 이 노래는 절망과 좌절의 삶을 그리고 있다. 이 노래처럼 윤심 덕은 현해탄에 몸을 던져 자신의 생을 마감했다. 그 시대 젊은 지식층 은 몸부림쳐도 헤어날 수 없는 현실 속에서 고뇌하고 절망했다. '황성 옛터에 밤이 되니 월색만 고요해 폐허에 설운 회포를 말하여 주노 라…….' 로 시작되는 〈황성옛터〉 또한 무너진 왕조와 더불어 나라 잃 은 망국의 설움을 노래하고 있다.

이 노래를 부르노라면 어느새 눈물이 가득 고임을 느낀다. 허무와 절 망이 폐부 깊숙이 스며든다.

국권 침탈 이후 1920년대 말까지 우리의 대중가요가 빼앗긴 국토와 슬픈 민족혼을 노래하고 있음을 자료를 통해 볼 수 있다. 좀처럼 헤어 나올 수 없는 암흑 속에서의 몸부림이자 체념이었던 것이다.

그러나 1930년대 초가 되면서 우리의 대중가요는 민족의 가슴에 광 복의 불씨를 불어 넣기 시작했다. 1932년 '어서 가자 가자 바다로 가 자 출렁 출렁 물결치는 푸른 바다' 라는 가사의 〈바다의 고향시〉는 새 세상을 그리워하는 젊음의 푸른 바다를 노래하고 있다. 힘찬 운율은 다가올 희망의 세계를 그리워하는 듯하다.

1933년에 만들어진 〈처녀총각〉은 조국 해방의 봄은 아직 오지 않았 지만 이미 해방을 가슴에 그리며 부른 성공 조감도와 같은 노래이다.

'봄이 왔네 봄이 와 숫처녀의 가슴에도 나물캐러 간다고 아장아장 걸어가네 산들산들 부는 바람 아리랑 타령이 절로 나네…….'

이어서 1930년대 말과 40년대 초까지 우리의 대중가요는 자연을 노래하고 희망을 노래하기 시작했다.

'에~ 금강산 일만 이천 봉마다 기암이요 한라산 높아 높아 속세를 떠났구나…….'〈대한팔경〉

조국산야를 예찬하는 건전한 사고를 유발하는 계기가 된 이 노래들은 뒤이어 희망의 노래들을 몰고 왔다.

'거리는 부른다 환희에 빛나는 춤추는 거리다. 미풍은 속삭인다 불타는 눈동자…….'〈감격시대〉

'배를 저어가자 험한 바다 물결 건너 저편 언덕에…….'〈희망의 나라로〉

'달 실은 마차다 해 실은 마차다 청대콩 벌판위에 휘파람을 불며 불며…….'〈꽃마차〉

저 고개만 넘어 가면 자유, 평등, 평화, 행복 가득한 희망의 나라가 있으리라 갈구했던 것이다. 당시의 노래는 머지않은 광복의 환희를 예고해 나갔던 것이다. 그렇게 10여 년간 계속된 국민의 희망가는 1945년 '광복'이라는 현실을 만들었다. 일제 36년 암울함 속에서 잃지 않았던 것은 우리의 민족혼이었고, 노래였다.

1930년대 말이 되면서 일본의 핍박은 더욱 가중되었고, 수탈 형태는 더욱 악화되었으며 문화말살로까지 이어졌다. 그러나 한글 사용 금지에도 불구하고 우리의 노래는 살아 숨쉬며 조선인의 혼을 지켜준 것이다. 고난 속에서도 애국심이 불타오른 것이다. 해방이 유일한 소원이었던 독립운동가들은 구국의 노래를 불렀고, 무엇보다 국민의 대중가요인 희망의 노래들이 등장하면서 우리는 해방을 준비하고, 새 역사를 예고했다.

노래는 대중을 모으는 힘이 있다. 홍보 수단으로서의 노래가 노래의 그러한 속성을 잘 이용한 것이라 할 수 있다.

근래 내가 강의를 하는 새마을 연수원에서 70년대 초 우리들이 불렀던 〈새마을 노래〉를 들을 기회가 있었다.

'새벽종이 울렸네 새 아침이 밝았네 너도 나도 일어나 새마을을 가꾸세 초가집도 없애고 마을 길도 넓히고……'

그 후에는 〈좋아졌네 좋아졌어〉라는 노래였다. 70년대 당시 전국 어디를 가나 울려 퍼지던 곡으로 모든 게 좋아져 가고 있다는 노래였다. 그러나 당시 우리는 결코 좋아져 있지 않았다. 대물림된 가난으로 먹고 자는 욕망조차 채우지 못했는데 무엇이 그리 좋아졌겠는가 그러나 우리는 그 노래를 부르며 우리의 의식을 일깨워 갔던 것이다. 위의 두 곡은 선전수단으로서 대표적인 노래들이었다고 생각한다.

선전은 설득적 커뮤니케이션을 대표하는 형태의 하나로 그 뜻이 매우 다양해 한마디로 정의하기는 어렵다. 라스웰(Lasswell)은 가장 넓은 의미에서의 선전은 대상을 조작하므로써 인간의 행동에 영향을 미치는 기술이라 지적하고 이러한 대상은 언어, 문학, 회화 또는 음악 등의 형태로 나타난다고 했다. 또한 이러한 대상 등의 제시를 통해 인간들로 하여금 어떤 정치 및 사회적 가치기준에 따라 생각하고 행동하도록 조정하는 것이라 했으며(『선전여론』, 조재관, 서울, 박영사, 1968 p.16) 선전이란 관심을 갖는 개인 또는 다수의 개인들이 암시의 사용을 통해 개인이나 집단의 태도 및 행동을 통제하는 과정이라고 했다. (차배근, 『커뮤니케이션학 개론』, 서울, 세영사, 1976, p.517)

딘 시 바른룬드(Dean.C.Barnlund)는 커뮤니케이션 관점에 따라 구조적 관점, 기능적 관점, 의도적 대 비의도적 관점으로 나뉘고, 의도적 관점에서의 커뮤니케이션이란 한 인간이 다른 인간에게 영향을 미치기 위해 의도적으로 계획된 행동이다(차배근, 〈커뮤니케이션〉, p.29, 『신문학보』, 제9호)라고 했다. 이러한 견해를 대표하는 학자인 밀러(Miller)는 '커뮤니케이션이란 전달자가 수용자의 행동에 영향을 미치려는 의식적인 의도를 가지고 수용자에게 내용을 보내는 행위'라고 정의하면서 커뮤니케이션을 의도적인 행위라고 못박고 있다.

위의 이론과 다음 사실들은 노래가 우리 사회와 역사를 변화시키는 데 지대한 영향을 미치고 있다는 사실을 반증하고 있다. 독일 제3국(Nazi)의 커뮤니케이션 정책(선전)은 국민의 일체감 조성을 위해 음악을 선전의 한 수단으로 사용했다는 것은 누구나 아는 사실이다.

우리나라에서도 음악을 선전수단으로 이용했다. 1960년대를 기점으로 전쟁의 폐허 위에서 한강의 기적을 이루며 급성장했다. 실제로 70년대 초부터 우리나라는 초고속성장을 이루어 나갔다. 그 과정 속에 긍정 또는 부정적 결과들이 있었지만 모두 오늘의 경제성장에 밑거름이 되었다.

그 당시 박정희 대통령은 국민들의 들끓는 독재타도를 잠재우기 위해 조국찬가를 부르게 했고, 대통령의 노래를 부르게 했다. 사회 비판과 퇴폐적인 음색의 노래들에 대한 금지 조치를 강행해 노래를 사랑했던 수많은 사람들이 길을 잃기도 했다. 당시 금지되었던 노래들을 생각하면 아쉬운 점도 있지만 재건을 위해 부르짖던 조국 근대화의 건전가요들은 '하면 된다' 라는 긍정적인 요소를 심어줬다.

70년대 들어 김민기, 양희은, 이미자, 이장희 등 많은 가수들의 노래가 퇴폐적이거나 건전치 못하다는 이유로 금지곡이 되었다. 그중에는 간혹 퇴폐적이지 않는 곡도 들어 있어서 '고무줄 잣대' 라 비난 받기도 했다. 그러나 이런 노래들은 지하로 잠복해 오히려 더 긴 생명력을 유지해 나갔고, 운동권을 상징하는 노래로 변해 갔다. 〈아침이슬〉같은 노래는 이들 중 최고의 대표성을 유지하며 80년대 후반까지 영향력을 발휘했다. 당시 이 노래들은 자신의 의지와 같은 것으로 표현됐고, 동일화 현상을 낳았다. 당시의 노래들은 공동의 목적과 사고를 가진 수요자들에 의해 창조적 내면 언어가 되어 자기암시화 경향까지 불러일으키지 않았나 하는 생각이 든다.

노래란 이처럼 사회변화의 큰 흐름을 만들어 나가는 것이다. 김창남은 '삶의 문화 희망의 노래'에서 유행가를 통한 민중의 의식전환의 가능성을 시사하고 있다.

오늘날은 수많은 대중가요들이 흘러나오고 있다. 인간의 기본 욕구인 생리적인 욕구가 어느 정도 해결될 즈음 탄생한 최성수의 〈남남〉(오늘밤만 내게 있어줘요…… 잘 가라는 인사도 없이……)은 애인 신드롬을 탄생시켰고, IMF를 예고나 한듯 만들어진 김종환의 〈사랑을 위하여〉

(이른 아침에 잠에서 깨어 너를 바라 볼 수 있다면……)은 마치 집나간 가장들을 간절히 원하는 시대의 반영처럼 사람들의 가슴을 적셨다.

한 조사에 의하면 사랑과 이별을 테마로 한 노래가 전체 노래의 80~90%를 차지하고 있다고 한다. 위기를 탈출하고 재기에 성공하는 노랫말보다 포기하고 슬퍼하며 죽음으로 사랑을 고백하는 류의 노래가 주를 이룬다는 이야기다. 이런 노랫말이 우리에게 주는 교훈은 크다. 사랑을 잃어버린 연인이 새롭게 재기하는 건설적인 이야기보다 저 세상에서 만날 것을 기약하며 먼저 떠난다고 울부짖는 노래들은 무심코 따라 부르기에는 사실 끔직한 가사들이다.

슬픔을 안고 살아가는 여인은 자신의 삶을 대변하는 노래에 자신을 묻고 그 노래에 자기를 동일시하고 자기연상을 하며 위로받기를 갈망할 것이다. 만약 재기를 위한 긍정적 노래라면 결코 실패하는 인생이 아닌 성공적인 삶을 살 수 있다. 그러나 그 노래 가사가 비탄과 원망으로 점철돼 있다면 그녀의 인생은 뻔한 결론에 도달하게 된다.

오늘날 모든 노래가 다 그런 것은 아니지만 퇴폐적인 가사의 노래들을 듣고 있노라면 평생교육자의 한 사람으로 안타까운 마음이다. 독일 제3국이 그러했고 군사정권 시절의 금지곡이 그러했듯 노래가 민중의 의식을 변화시킨다는 것은 간과할 수 없는 사실이다. 그렇다면 이제 우리는 그 민중을 움직여 의식을 변화시킬 수 있는 노래의 힘, 음악의 힘을 빌려 더 나은 삶을 위한 성공적인 활동에 정열을 바쳐야 하지 않을까?

군가는 매우 경쾌하면서 장엄하기까지 하다. 군가는 주로 행진곡풍의 경쾌하고 밝은 장조의 노래들이다. 고대로부터 군인들이 출전할 때는 출전가를 소리 높여 부름으로써 사기를 북돋아 주었고, 승리하고 돌아올 때면 국민과 군인이 다함께 승전가를 불러 승전용사를 찬양하며 기뻐했다. 또한 군가는 군복무 기간 공동체로서의 일체감을 조성하고 한 개인을 나라를 위해 몸 바치는 애국인으로 성장하게 한다. 그들이 부르는 노래는 서로가 서로에게 의식적 강화를 주며 전역 후에도 그 노래 속에 묻어있는 군인 정신은 삶의 한 형태가 되어 용기와 자신감을 갖고 살게 한다.

그러나 제대 후 사회인으로 복귀해 6개월~1년이 지나면 노래 속의 용감했던 군인은 어느새 생활인으로 쫓기게 되고, 언제 내가 푸른 제복의 군인이었나 생각하게 된다. 그러나 세월이 흘러도 그 군가가 흘러나오면 몸속에서 어느새 군인의 피가 끓어 오른다.

얼마 전 동창이 이메일을 보내왔다. 그녀는 아직도 여고시절의 내 목소리가 생생하게 기억난다고 했다. 반가웠다. 70년대 말에 고등학생이었던 나는 방송반이었다. 등교를 할 때나 점심시간 또는 교련시간에 내가 틀던 음악은 주로 〈나의 조국〉이였다. '백두산의 푸른 정기 이 땅을 수호하고, 한라산의 높은 기상 이 겨레 지켜왔네…….' 나는 이 노래만 들으면 애국자가 된 듯한 착각에 빠지곤 했다.

70년대 말 유신 정권의 깃발은 하늘을 찔렀고, 정권의 선전수단으로 고교생 교련 강화와 집체교육이 시행되었다. 그때 부른 〈조국찬가〉는 정권 유지를 위한 파수꾼이었던 셈이다.

흔히 소극적이고 비관적인 사고를 소유한 사람들은 자신의 습관에 대한 변화를 추구한다. 좀더 적극적이고 능동적이었으면 좋겠다. 대중 앞에서 좀더 당당했으면 좋겠다. 자신감이 있고, 용기 있는 사람이 되고 싶다는 등의 변화가 그것이다. 그러나 자신의 몸에 익어버린 습관에 의해 자신의 욕구와는 달리 습관적으로 말하고 행동하게 된다. 그러므로 습관을 바꿀 수 있는 방법이 삶을 바꿀 수 있는 것이다.

다시 말해 사고를 바꾸면 운명이 바뀐다. 사고를 바꾸기 위해서는 무엇을 해야 할 것인가? 부정적인 자기암시를 습관처럼 하면서 소극적으로 행동해서는 결코 자신이 원하는 적극적이고 활동적인 사람이 될 수 없다. 그러나 외부의 강한 충격이나(학습) 경험으로 스스로의 판단에 의해 심리적인 동기가 유발되어 행동이 바뀌고 그 행동이 반복 될 때 습관은 바뀔 수 있다. 그 습관이 바뀔 때 자신이 원하는 활발하고 적극적인 성격으로 변화되는 것이다. 이것은 곧 성공적인 이미지를 만들며 성공자의 운명으로 변화되는 것이다.

그렇다면 행동은 무엇으로 바꿀 수 있을까? 놀이, 운동, 언어, 노래, 춤, 음악이다. 지금은 언어와 노래가 인간의 사고를 변화시키고 행동을 변화시키며 습관을 바꾸는 인간개조의 가능성을 이야기하고자 한다.

누가 어떤 노래를 어떻게 부르는가에 따라 국가도 사회도 개인도 변화하게 된다. 우리가 부르는 노래 속에서 우리가 주의력을 집중시키는 방향대로 정보(연상기억)를 자기화하게 된다. 따라서 슬픈 노래는 슬픈 운명을, 행복하고 기쁜 노래는 행복하고 즐거운 인생을 안겨 주는 것이다.

노래는 생명의 고동 소리이며, 내재된 자기 감정 표현의 극치이다. 성공적인 자아를 가진 사람은 고난 속에서도 용기의 노래를 부르고, 절망 속에서도 희망의 노래를 부르며, 암흑 속에서도 광명의 노래를 부른다. 반대로 슬픔의 노래, 절망의 노래는 그 사람의 운명을 그 노래처럼 이끌어 간다. 행복의 노래, 희망의 노래를 부르자. 노래는 마음 밭에 뿌리는 씨앗, 즉 자기 최면의 노래를 부르자. 노래의 미묘한 힘으로 성공적인 이미지를 만들어가자.

18번을 바꿔라

"행복은 곡식처럼 상자에 둘 수 없고 포도주처럼 항아리에 담을 수 없다.
행복은 내일을 위해 쌓아둘 수 없는 것.
오직 하루하루의 웃음 속에서 행복은 솟는다."
– 본문 중에서 –

우리 민족은 예부터 농사일을 하면서 노래를 불러 힘을 북돋았다. 당진군에는 오래전부터 다음과 같은 노동요가 있다. '여봐라 농부야 말들어라. 일락서산에 해떨어지고 월출동령에 달이 솟아 에 헤이루 상사디야…….'

힘든 농사일에 노래를 불러 힘을 얻고, 흥에 겨워 춤을 추어 고통을 이겨내는 민족의 지혜, 그 피가 우리의 몸속에 흐르고 있다. 사람이 죽어 이별하는 슬픔을 이겨내는 방법으로도 우리는 노래를 불렀다. 상여를 매고 가는 사람들이 부르는 노래는 가장 큰 슬픔을 토해내는 힘이 있었고, 남은 사람들은 그 노래로 이별의 아픔을 이기고 다시 살아가는 힘을 얻는 하나의 장치였다.

그리고 이 노래가 우리 민족의 정서를 이어주는 끈이 되었다. 즐거울 때는 물론이고 힘들거나 슬픈 순간에도 감정을 노래로 풀어내는 우리는 음악을 사랑하는 민족이다.

우리는 누구나 가장 멋들어지게 부를 수 있는 애창곡 하나쯤은 갖고 있다. 사람들이 이러한 노래를 18번(이 말은 일본의 전통극 가부키에서 나온 말로 18번의 인기곡을 말한다)이라 한다.

노래에 대한 관심이 많고 노래가 어떤 힘을 갖고 있는가를 늘 생각하는 나는 다른 사람의 노래를 들으면 그냥 듣는 것이 아니라 여러 가지 생각을 한다. 이 사람은 왜 이 노래를 부를까? 부르는 노래들의 공통된 특징은 무엇일까?

어떤 이는 레퍼토리가 다양하다. 뽕짝에서 요즘 신세대들이 잘 부르는 랩까지 척척 부르는 종횡무진파가 있는가 하면 이별과 슬픔이 주제인 노래만 골라 부르는 멜랑꼴리파가 있기도 하다. 또 처음부터 끝까지 몸을 흔들며 신나게 춤을 추는 열정파도 있다. 이러한 특성들을 보며 나는 재미있는 것을 발견했다. 그 사람이 좋아해서 부르는 노래는 대부분 어떤 비슷한 맥락을 갖고 있다는 것이다.

내가 아는 모 정치인은 국회의원 중에서도 '신사'로 통하는 분이다. 권위적이지도 않고 그렇다고 쉽게 보이는 사람도 아니다. 과거 남북관계에서도 큰 역할을 담당한 경력이 있는 강단 있고, 훌륭한 분이다. 기자 출신답게 샤프하면서도 다정다감해 '신사'라는 별명에 손색이 없다. 이 분이 부르는 노래 18번은 〈앉으나 서나 당신 생각〉이었다. 다음이 나훈아의 〈사랑〉, 김수희의 〈애모〉다. 나는 늘 그분을 보며 아내 사랑이 대단할 거라고 생각했다. 아니나 다를까. 주위의 말에 의하면 대단한 애처가라고 했다. 어쩌다 두 내외분과 함께 만날 기회가 있었는데 과연 옆에서 뵙기에도 그런 느낌이었다.

기자시절 연애를 해서 결혼에 골인했다는 두 사람은 지금도 수줍은 연인들 같다. 기자 출신의 아내는 남편을 처음 만나 마음에 드는 소년을 바라보듯 바라보았고, 남편은 자신을 그렇게 보는 아내에게 자랑스러운 뭔가를 많이 보이지 못해 애쓰는 그런 소년 같았다. 이 두 사람이 함께 부르는 '사랑' 이라는 노래는 뭔가 특별해 보였다.

또 한 사람 도지사를 지냈던 분이 있다. 뉴프론티어 정신으로 대통령 후보까지 나갔던 이 분이 잘 부르는 노래는 〈선구자〉와 〈향수〉이다. 95년 도지사 선거 당시, 나는 그의 선거에 참가하면서 옆에서 지켜볼 기회가 있었는데 당시 그 분은 〈향수〉라는 노래에 숨어 있는 고향의 어머니, 그 푸근함을 가슴에 담고 있는 듯했다. 가난한 농민의 자식임에 자부심을 갖고 있었고, 70세가 넘은 노모가 몇 년 전까지만 해도 '놀면 뭐하느냐' 며 남의 인삼밭에 나가 갈라진 손으로 농사를 지어 자식들에게 노동의 중요성을 몸소 보여주셨다고 자랑하셨다. 그가 좋아하는 〈선구자〉와 〈향수〉라는 노래는 그가 추구하는 건강한 정신과 선구자가 되고 싶은 강한 열망을 읽을 수 있는 곡들이다.

보면 18번이란 단순히 좋아하기 때문에 무심히 부르는 노래 그 이상의 더 큰 의미가 숨어 있는 것이 아닐까? 18번이란 자신의 마음을 담아 자신의 잠재의식 속에 각인, 바로 도장을 찍어두는 것이다. 자기가 부르는 노래를 자기에게 들려주면 그 노랫말 속에 숨어 있는 의미를 연상하고 자기와 동일시하여 자기를 표현하는 수단이 되는 것이다.

MBC의 〈성공시대〉라는 프로그램에 '매실명인' 이라는 홍쌍리 여사가 나온 적이 있다. 무심히 보다가 마지막에 그녀가 부른 노래가 내 마음에 깊이 와 닿았는데, 그 노래는 그녀가 살아온 삶 자체이자 철학과 신앙이 담겨 있었다. 〈꽃 중에 꽃〉이라는 노래를 나름대로 개사해서 부른 곡이었는데 자신의 신념을 굳혀간 모습이 좋아 보였다.

누구나 자신의 18번에 이렇게 깊은 의미가 담겨 있다는 것에 눈을 뜨자. 당신이 성공을 꿈꾸는 사람이라면 지금까지 절망적이고 슬픈 18번을 갖고 있었다면, 이제 18번부터 바꿔야 하지 않을까?

노래 속에 숨은 힘

"긴 밤 지새우고 풀잎마다 맺힌 진주보다 더 고운 아침이슬처럼,
내 맘에 설움이 알알이 맺힐 때 아침동산에 올라 작은 미소를 배운다.
태양은 대지 위에 붉게 타오르고 한 낮의 찌는 더위는 나의 시련일지라
나 이제 가노라 저 거친 광야에 서러움 모두 버리고 나 이제 가노라."
- 김민기 -

우리나라에서 노래에 대한 연구는 1970년대 이후 신문방송학과나 사회학을 전공한 사람들에 의해 시대의 사회현상과 관련된 대중가요 또는 민중가요에 대한 관심에서 시작되어졌다고 보여진다. 특히 1980년대 이후 민주주의에 대한 열망이 꽃피던 시절에는 '저항가요'라고 불리는 운동가요에 대한 연구가 많았다. 대학가의 민주화는 노래로 시작해서 노래로 이어졌다고 할 수 있을 만큼 노래는 우리 시대의 살아있는 역사이다. 노래가 사회를 변화시켰다고 해도 과언이 아닌 것이다.

80년대 초부터 노래와 대중문화 평론을 해온 김창남은 그의 저서 『삶의 문화 희망의 노래』에서 노래가 인간의 어떠한 욕구에서 생겨났고, 어떠한 형태로 행해지며 인간의 삶에 어떠한 영향을 미치는가 또는 인간 삶의 진보를 위해 궁극적으로 어떠한 모습이 되어야 하는가를 잘 제시하고 있다. 그는 노래와 사회, 노래와 역사, 노래와 정치, 노래와 이데올로기에 이르기까지 인간 삶의 원론적인 부분에 대해 스스로 질문하고 답변하는 형식으로 펼쳐 나가며 노래가 사회를 반영하고 노래를 통해 공동체가 이루어지는 노래의 동일시 기능을 지적했다.

기자 출신 박상용씨는 그의 저서 『노래로 세상 엿보기』에서 대중가요가 지닌 사회, 역사적 현상을 명확히 설명하고 있다. 노래가 탄생해 히트를 치고 대중 속에 자리매김하기까지의 사례를 낱낱이 펼쳐 놓았다. 시대의 아픔을 노래하고 대중의 가슴을 적셨던 대중가요의 탄생 배경과 예화는 우리가 무심코 불렀던 노래를 다시 한번 생각하게 한다.

노래는 반복해서 불리는 특성을 지니고 있다. 하나의 노래를 히트시키기 위해 가수는 자신의 노래를 수백 번 아니 수천 번 불러야 한다. 자신도 모르게 의식화 되는 것이다. '찬바람이 싸늘하게 얼굴을 스치면……' 하고 애절하게 하소연했던 차중락, '삼각지 로터리에 굿은비는 오는데 잃어버린 그 사랑을 아쉬워하며……' 고목을 쓸어안고 울던 배호, '버들잎 따다가 연못 위에 띄워놓고 쓸쓸이 바라보는 이름 모를 소녀'의 김정호, '아무도 날 찾는 이 없는 외로운 이 산장에……' 라는 〈산장의 여인〉의 권혜경 등 많은 가수들이 자신의 노래처럼 슬픈 운명처럼 살거나 쓰러져 간 것이다.

노래가 가진 힘을 느끼며 나는 가수들의 노래 부르는 모습을 놓치지 않고 보는 버릇이 있다. 그런데 이상하게도 가수들이 자신이 부른 노래와 같은 인생 역정을 겪고 사는 사람이 많다. 가수 이선희씨의 전 남편의 자살 사건만 해도 그렇다.

이선희씨의 노래를 들으며 늘 혼자 생각한 것이 있다. 그녀의 노래는 행복하고 즐거운 노래라기보다는 무겁고 고독한 노래여서 염려가 되었다. 풍부한 성량과 음악적 소양으로 좋은 노래를 많이 불렀고, 많은 팬들의 사랑을 받는 사람이라 늘 관심이 있어 좋아하는 가수였다. 그녀가 부르는 노래의 가사들이 모두 그렇다고 할 수는 없지만 어둡고 외로운 노래들이 많아 왜 그럴까 생각하던 차에 그녀의 불행한 소식을 듣게 된 것이다.

그녀의 히트 곡을 몇 개 살펴보자. 강변가요제에서 그녀에게 대상을 안겨주며 가수 생활의 문을 열어주었던 〈J에게〉를 비롯해 〈아! 옛날이여〉, 〈혼자된 사랑〉, 〈그대여〉, 〈나 항상 그대를〉, 〈라일락이 질 때〉등 그녀는 슬픈 노래들만 골랐다고 할 수도 있다. 그러나 히트한 노래들이 대부분 그런 것을 어찌 하겠는가. 1990년대 초 나는 인천 시민회관 대 강당에서 그녀의 육성을 처음 접했고, 작은 체구에서 쏟아져 나오는 열창에 넋을 잃고 그녀를 바라보았다. 그 이후 나는 그녀의 〈아름다운 강산〉에 심취해 팬이 되었다. 〈아름다운 강산〉은 원래 그녀의 노래는 아니었지만 그녀의 장점을 가장 잘 표현해 주는 노래로 그녀에게 잘 어울리는 노래라고 생각된다. 그러나 그녀가 부른 대다수의 노래가 슬픔 일변도인 것은 우려되는 부분이었다.

언젠가 박경희라는 가창력 좋은 가수가 오랜만에 TV에 나온 적이 있었다. 요즘 젊은이들이 기억할지 모르겠으나 〈머무는 곳 그 어딘지 몰라도〉라는 노래로 국제대회에서도 상을 받았을 만큼 화려한 활동을 했던 가수이다. 이 사람도 스스로 자신의 노래처럼 살았노라 회고한 바 있다. 결혼과 함께 그녀의 활동은 뜸해졌고 팬들이란 냉정한 것이어서

화면에서 사라진 가수를 점차 잊어갔다. 그 동안 그녀는 남편과 사별하고, 그녀의 노래처럼 머무는 곳을 잃어버린 삶을 살았다고 토로했다. 그리고 그녀는 〈숨어 우는 바람소리〉를 밀양무안 농협의 주부대학 생들에게 가르쳐준 후 영원히 우리 곁을 떠나고 말았다. 그녀도 처음에는 자신의 노래를 그냥 불렀는지 모른다. 단지 감정을 넣으려고 애쓰면서 말이다. 그러나 자신이 그 노래와 비슷한 어려움에 처하게 되면 노래를 더욱 의미심장하게 부르게 되었을 것이다.

그런가 하면 〈잊혀진 계절〉의 주인공 이용은 어느 가을날 밤에 그를 아끼던 시청자 곁을 떠났다. 그리고 잊혀져 갔다. 자신의 노래처럼 말이다. 그해 10월의 마지막 밤을 장식하고 떠나갔던 그는 아직도 화려했던 시절로는 돌아올 수 없을 것 같다. 그의 후속곡의 가사도 여전히 나는 바람이고 나는 어둠이다. 밝은 태양과 함께 10월의 마지막 밤을 부르던 그의 모습을 다시 볼 수는 없는 것일까?

자살이라는 충격적인 방법으로 그를 사랑했던 팬들을 슬픔에 빠지게 했던 서지원이라는 가수는 마치 자신의 죽음을 예고라도 하는 듯 〈이별만은 아름답도록〉이란 노래를 불렀다.

반면 송대관이라는 가수는 무명 가수에서 〈해뜰 날〉이라는 노래로 일약 스타덤에 올랐다. 물론 그에게도 인생 역정은 있었다. 그러나 TV에 나오는 그의 모습을 보면 늘 밝고 명랑하며, 유머 감각이 넘친다. 그는 이제 중견가수로 자리 매김을 하고 있다.

물론 사람의 정서에는 여러 가지 면이 있다. 슬픔, 외로움, 부정적인 생각 등. 그러나 노래가 갖고 있는 기능을 생각한다면 가능한 밝고 즐겁고 미래지향적인 노래들을 음악가들이 만들어 주었으면 한다. 가수 자신을 위해서도 그 노래를 따라 부르는 우리들을 위해서도 말이다. 이제 우리는 더 나은 삶을 위한 행복한 노래 ,성공의 노래, 희망의 노래를 불러야 한다.

내가 만난 음치 미남

"노래는 슬플 때 우리를 고무시켜 주고
기쁠 때 그 기쁨을 더욱 고조시켜 두려움을 이기게 하고
고통을 이겨내게 하는 힘이 있다."
– 본문 중에서 –

정규 강의를 하던 어느 기관의 연말 송년 파티에 초대되어 간 적이 있다. 1부 행사가 끝나고 여흥 시간이 되어 맨 처음 소개된 사람이 김모 과장이었다. 그는 자기 이름이 호명되자 기다렸다는 듯이 얼른 아내의 손을 잡고 앞으로 나갔다. 그리고 일장연설이 시작되었는데 주 내용이 아내 자랑이었다. 음대 성악과를 나왔는데 노래를 너무 잘한단다. 기대에 부푼 청중들 앞에서 노래를 시작한 김과장 부부는 행사장을 한바탕 웃음의 도가니로 만들었다. 시작은 아내의 멋진 소리와 함께 잘 나가는가 싶더니 어느새 자기도취에 빠져 아내의 소리에는 아랑곳하지 않고 자신의 목소리를 점점 크게 내기 시작했다. 성악가인 아내가 그저 자리에 서 있어 주는 것만으로도 김과장은 위로가 되는 듯 보였다.

나는 세상에 태어나 그런 음치는 정말 처음 보았다. 옥타브를 몇 개씩 오르내리면서도 그는 끝까지 노래를 불렀고, 아무도 청하지 않는

앵콜송까지 준비해 와서 청중들을 웃겼다.

　김과장을 보며 나는 여러 가지 생각을 했다. 그 역시 쉽게 남들 앞에서서 노래를 부르지는 못했을 것이다. 늘 숨어 다니며 노래를 불러야될 자리가 있으면 슬그머니 도망갔을 것이다. 이런 그가 성악가인 아내를 선택한 저변에는 음치의 서러움이 담겨있을 수도 있다. 일심동체인 아내가 노래를 잘 부르니 이제는 두려움 없이 적극적으로 노래를부를 수 있게 된 것이다. 여전히 그는 음치였지만 옆에 믿는 도끼가 있으니 다른 사람을 즐겁게 할 수도 있다는 것을 발견하게 된 것은 아닐까? 노래를 잘 불러서 남들을 즐겁게 하는 것도 재주지만 또 다른 방식으로 김과장은 많은 사람을 즐겁게 해주었다.

　이처럼 새로운 재주를 발견하고 자신을 얻는 것도 또 다른 삶의 행복이 아닐까? 전문 가수가 아니면 모여서 즐겁게 지내자고 노래를 부르는 것이다. 노는 자리에 음치면 어떻고 박자치면 어떤가? 오히려 기성가수처럼 노래를 잘 불러 위화감을 조성하고 다른 이를 주눅들게 하는 것보다는 웃음을 줄 수 있는 김과장이 더 멋진 가수가 아닐까 생각한다.

　어느 면을 보는가에 따라서 현실은 달라진다.

　김과장은 아내의 조력으로 노래를 부르고, 우리는 그에게서 웃음을선사 받고, 그는 다시 노래의 힘을 알아 자신감을 얻었다. 모두 즐거우니 된 것 아닌가? 음치 중의 음치인 남편 옆에 서서 자신의 꾀꼬리 같은 목소리를 낮추고 시종일관 웃음으로 지켜봐 주던 김과장의 아내에게서 나는 그런 확신이 들었다.

힌리히 반데스트의 저서 『음악치료』에서 아다멕 박사는 설문조사를 통해 어릴 때는 노래를 즐겨 불렀으나 성인이 되어서는 노래를 부르지 않게 된 사람들의 대부분이 학교에서 억지로 노래를 부르도록 강요받은 경험이 있었음을 확인했다고 밝혔다. 실제로 내가 아는 한 친구는 중학교 음악시간에 노래 부르기 시험을 치루다가 친구들 앞에서 망신을 톡톡히 당했다. 선생님의 꾸중과 아이들에게 당한 망신은 가슴 한 구석에 앙금으로 자리잡게 됐다. 그는 음치라는 소리를 듣게 되었고, 지금도 노래 부르는 일이 있으면 언제 사라졌는지도 모르게 없어진다. 자연히 대인관계가 원만하지 못한 것은 뻔한 이치이다.

뮌스터 대학 제2심리학부 카를 아다멕 박사는 '노래는 고통을 치유하는 의사'라는 그리스 속담을 빌려 노래가 가진 힘을 강조했다. 〈사운드 오브 뮤직〉이라는 영화에서 여주인공은 아이들이 두려움에 떨자 노래 부를 것을 제안한다. 노래는 슬플 때 우리를 고무시켜 주고, 기쁠 때 그 기쁨을 더욱 고조시켜 두려움을 이기게 하고, 고통을 이겨내게 하는 힘이 있다.

노래가 건강에 좋다

노래의 긍정적인 힘은 어떻게 생겨나고 또 그 노래는 외부의 영향이나 경험에 의해 어떻게 바뀌는 것일까? 노래를 부르면 우리의 좌뇌는 자신 속에 몰입하고 주의력이 매우 높아져서 무엇이든 감지할 듯 고요해진다. 반면 우뇌는 활발하게 활동한다.

임상심리학적 관점에서 본 좌뇌는 논리적이고 분석적이다. 우리가 흔히 I.Q라고 부르는 지능지수는 주로 좌뇌의 활동 능력을 측정하는 것으로 입력한 멜로디와 리듬 그리고 언어를 감지하기 위해 고요해진다고 한다. 그러나 우리는 노래를 부르면 왕성한 활동이 이루어진다. 우뇌는 육체 언어, 그림 언어, 직관력, 모험심, 감정, 창의력, 관련성(연관), 자발성, 비약, 호기심, 놀이, 종합력, 예술(음악, 춤, 놀이) 공간감각 등으로 E.Q라고 불리는 감성지수에 해당하며 E.Q는 이러한 우뇌의 활동 능력을 측정한 것이다.

성공하는 사람이 되기 위해서는 상상력에 불을 질러야 한다. 이 상상력에는 호기심과 창의력, 모험심, 자발성 그리고 직관력이 동원되는 것이다. 잠자는 우뇌를 깨우기 위해서는 노래를 불러야 한다.

노래를 부르면서 사색에 빠지지 못하는 이유가 바로 그것이다. 끊임없이 하는 내적인 대화, 양심의 가책, 실행에 옮기지 못한 결심, 상처, 희망과 소원, 이 모든 것들이 노래하는 동안 침묵 속으로 가라앉는다. 노래하는 동안에는 고민으로 기진맥진하고 정서가 메마르거나 좌절하게 될 위험도 사라진다. 과거의 경험이나 습관 때문에 겪는 어려움도 크게 영향을 미치지 못한다. 노래를 할 때는 자신에게 귀 기울여 자신의 소리를 듣게 된다. 언어에 대해 논리적이지 않으며 분석적이지 않고 그저 어린아이처럼 무엇이든 쉽게 받아들인다. 왜? 어떻게? 무엇 때문에? 잠재의식은 긍정적인 말을 하고 노래를 부른다고 성공자가 될 수 있는가를 분석하고 따지지 않는다. 그저 즐거움으로 잠재의식에 그 언어들은 뿌려지게 되는 것이다.

사고를 연구한다는 것은 매우 어려운 일이다. 측정할 수도 없고 수치화할 수도 없어 행동주의(자극–반응)학습 이론가들에 의해 인간의 정신영역은 연구 대상에서 제외되기도 했다. 그러나 근래에는 행동 또한 인간 내면의 심리적인 자극에 의해서 유발된다는 것을 인지하면서 제3세력의 심리학이라는 인본주의 이론에까지 이르게 되었다. 단지 자극에 의해 반응을 일으키는 인간이 아닌 새로운 정보의 창조자로서 인간의 심리적 변화에 따른 행동의 변화들은 인간의 사고가 바뀌면 행동이 바뀌고 반복된 행위는 습관을 만들고 나아가 운명마저 바꾼다는 것이다.

　노래를 얼마나 아름답게 부르는가가 중요한 것이 아니라 노래를 부른다는 사실의 중요성과 즐겁게 불러야 한다는 것이 중요하다. 뮌스터 대학 제2심리학부의 카를 아다멕 박사는 그의 논문 〈목소리-자기치료의 원천(Die Stimme-Quellem Selbstheilung, 1988)〉에서 노래가 정신생리의 영역에 공명을 일으키며 환자 스스로의 노력으로 자신을 강화하고 치료하는 과정으로 활용될 수 있다는 사실을 입증하였다.

음악을 통해 얻을 수 있는 것들

"지혜로운 사람은 행동으로 말을 증명하고
어리석은 사람은 말로 행동을 변명한다."
– 유대 경전 –

힌리히 반 데에스트(Hinrich Van Deest)는 그의 저서 『음악치료』에서 여러 가지 임상사례를 들어 음악이 인간의 심리 치료에 다양한 역할을 하는 것을 제시하고 있다. 또는 삶을 긍정적으로 생각할 수 있는 엔도르핀의 생성이 이루어지는 것도 음악을 통해 가능하다고 주장하고 있다. 인간의 사고나 심리 상태는 인체의 화학 물질 분비와 증감에 상당한 영향을 준다고 한다. 앞에서도 잠깐 언급했듯이 화학 물질들은 신경 세포인 뉴런에 의해 생산되어 우리 몸의 면역기능에 영향을 미친다. 잘 알려진 예로 기분을 좋게 하고 통증의 감각을 차단시키는 엔도르핀은 '스스로 생산해 내는 마약' 이라는 뜻으로 음악에 의해서도 생산된다. 다시 말해 음악은 우리의 정서 상태도 변화시킨다. 그렇다면 이 음악적 효과에 긍정적인 언어를 덧붙인 노래는 더 큰 인간 사고의 변화를 가능하게 한다고 본다. 자기대화나 자기암시를 노래를 통해 더욱 극대화할 수 있는 것이다.

- 몸의 기능을 강화하고 청량제 역할을 하며 소화기능을 촉진시킨다.
- 스트레스를 줄이고 자율신경조직 중 부교감 신경을 자극하여 몸 전체의 에너지 균형을 유지한다.
- 작업장에서 일하는 사람들의 기분 전환을 도와 생산성을 높인다.
- 음악을 연구하거나 듣는 것은 감정적 카타르시스 작용이 있어서 이를 통해 정서적 욕구를 채워준다.
- 음악은 뇌 기능을 촉진하는 데 효과가 있다.

종교개혁기에 마틴 루터(Martin Luther)는 '음악은 하나님이 주신 귀한 선물이며, 음악은 슬픔이나 악마를 쫓는 힘을 가졌다.'고 했다. 음악으로 인해 성경의 글자가 살아나서 하나님의 말씀을 전파하게 되므로 예배시간에 노래를 부르게 했다고 한다. 이후 18~19세기를 거쳐 왓츠, 웨슬레 형제, 무디 등에 의해 오늘날 찬송가의 맥이 이어져 왔다. 구약성서 사무엘 상 16장 14절~23절에는 사울과 다윗의 이야기가 나온다. 사울이 악신에 걸려 괴로워할 때 다윗이 하프를 연주해 완치시켰다는 내용이다. 고대부터 인간은 음악을 통해 육체적 정신적인 병을 치료해 왔다고 전해온다. 그런가 하면 1950년 미국에서는 음악치료협회(NAMT : The national association for music therapy)가 창립되어 음악 치료사(Music Therapist)를 양성하기 위한 전문분야가 생겨났다.

제 4 부

목표 설정과 시간관리

성공이란 얄미운 실패 뒤에 찾아온다

"내가 헛되이 보낸 오늘 하루는 어제 죽어간 이들이 그토록 바라던 하루이다.
단 하루면 인간적인 모든 것을 멸망시킬 수 있고 다시 소생시킬 수도 있다."
– 소포클레스 –

'**왜** 내가 하는 일은 늘 실패하기만 할까? 긍정적으로 생각하고 행동하려고 애쓰는데 왜 힘든 일만 생기는 것일까?' 하고 생각하는 사람이 많다. 그러나 곰곰이 생각해보자. 실패가 나에게 한푼 어치의 가치도 없는 좌절만 주었을까? 그 속에 숨어있는 가치는 하나도 없는 것일까? 그 대답은 자신이 알고 있을 것이다. 절대로 그렇지 않다. 성공은 바로 실패 뒤에 숨어 있을 지도 모른다. 고난이나 역경이라는 돌부리를 만나 피해가지 못하고 걸려 넘어졌다고 하자. 엎어져서 찾아보라. 그 아래에는 분명 성공의 씨앗이 숨어있다.

아주 쉬운 예를 들어보자. 전철에서 혹은 버스에서 소중한 돈을 능수능란한 소매치기에게 빼앗겼다고 가정하자. 일을 당하면 참 허망하고 분하기 짝이 없다. 하필이면 왜 내 지갑이었을까? 지갑을 빼내는 동안 나는 멀쩡히 눈뜨고 무엇을 했을까? 답답하고 눈물이 날 지경이다. 그

돈이 어떤 돈인데…….

그러나 생각을 바꿔 수업료를 지불했다고 생각해 보자. 이제 아무리 사람이 많은 곳에 가더라도 내 지갑에 신경을 곤두세울 수 있는 또 하나의 신경 줄이 나에게 생겼다. 다시는 미련하게 굴지 않을 수 있게 된 것이다. 정확히 빼앗긴 돈만큼만 속상해 하자. 그 이상의 슬픔이나 분한 감정에 자신을 밀어 넣는 것은 돈보다도 귀한 긍정적 사고를 갉아먹는 일이다. 그리고 성공적인 생각을 하고 적극적인 행동을 의식적으로라도 반복하기 위해서 마음을 즐겁게 갖도록 해야 한다. 일단 웃어보자. 좋아서 웃기보다는 무작정 웃어보자. 즐거워서 웃는 것이 아니라 웃어서 즐거워지는 방법도 있다. 잘 안 된다면 즐거워지는 노래를 불러보자. 신념의 노래를 큰소리로 불러보자. 그 노래가 귀에 들리면 당신의 마음에까지 내려간 목소리는 당신의 자고 있는 즐거운 마음을 흔들어 깨울 것이다. 행복을 깨울 것이다.

성공하고 싶은 마음이 잠에서 깨 기지개를 켜고 일어났다면 남은 것은 '시간관리'다. 시간은 성공을 위해 신이 당신에게 준 선물이다. 인간은 일회적이고 누구나 끝이 보이는 삶을 살고 있다. 아무리 뛰어난 능력을 갖고 있고 성공적인 재능을 갖고 있다고 해도 그것은 신이 준 시간 속에서만 가능하다. 지금까지 수많은 대학자나, 정치가, 위대한 인물들 모두 역사의 뒤편으로 사라졌다.

기회는 누구에게나 평등하게 주어진다. 시간은 더욱 평등하다. 이 시간을 어떻게 활용하는가? 이것이 다를 뿐이다. 하루 24시간을 서너 시간으로 살 것인가? 아니면 48시간으로 살 것인가? 그것만이 다를 뿐이다. 양이 아닌 질이다. 그렇다고 시간관리에 목을 매지는 말아야 한다. 시간 속에 나를 구속시키는 삶이 되어서는 안 된다. 인간은 뚜렷한 목표가 있으면 그 목표를 달성하기 위해 두 번 살 수는 없지만, 두 번처럼 살 수는 있다.

미국의 35대 대통령인 존 피츠제널드 케네디는 미국의 과학자들과 의논한 끝에 1960년대 말까지 반드시 달에 인류를 착륙시키겠다는 목표를 설정하고 뉴프론티어 정신을 재창했다. 조국을 위한 그의 굳은 애국심이 위대한 목표를 계획하게 만든 것이다. 물론 가능성이 컸던 계획은 아니었다. 대부분의 미국 학자들은 빨라야 1995년쯤에나 가능한 일이라고 입을 모았다. 그러나 1969년 7월 21일 25년이나 앞당겨 인류는 달에 첫발을 디뎠다. 당시 이 프로그램에 동참했던 찰스 가필드는 생애 최고의 실력을 발휘하는 것을 목격했다고 했다. 왜냐하면 "인류가 수천 년 동안 저곳에 가려는 꿈을 꾸었는데 지금 우리가 그 일을 해내고 있기 때문이다."라고 하는 자부심과 긍지가 인류의 꿈을 실현시킨다는 보상심리로 나타나 위대한 창조력과 힘을 발휘하게 되었다는 것이다. 한 번밖에 살 수 없는 인생이지만, 두 번처럼 살 수 있는 길은 사명의식을 자각하고 올바른 목표와 이를 달성하고자 노력하는 시간관리에 있다. 올바른 사명의식은 삶의 목표를 만들고, 그것을 이루기 위해 시간관리를 하는 것이다.

목표가 있는가, 그렇지 않은가에 따라 인간의 시간에 대한 개념은 달라지게 마련이다. 언제나 다급히 밀려오는 시간 속에 허덕이는 사람이 아닌, 미래를 준비하는 삶을 살게 될 때 성공하는 비결을 가지게 된다.

오늘밤 당장, 당신이 이루고자 하는 욕망의 목록을 작성하라. 정리되지 않아도 좋다.

첫째, 머리에 떠오르는 대로 적어 보라. 무엇을 갖고 싶고 무엇을 하고 싶은지 적어 보는 거다.(자기분석)

둘째, 중요하다고 여겨지는 것에 줄을 그어 보자.

셋째, 줄친 것 중에서 중요한 순서대로 번호를 적어 본다.

넷째, 우선순위(중요한 정도와 일의 긴급도)에 따라 행동하는 것이다.

시간을 성공적으로 관리하는 자는 성공을 관리하는 자이다.

성공하고 싶다면 삶의 목표를 설정하라

"생애를 잘 보내려면,
매일을 이 세상에서 마지막 하루를 보내는 마음으로 보내라."
– 존 번연 –

존 F.케네디가 대통령이 되기까지의 과정은 바로 미국 역사의 산 증표이다. 케네디의 증조할아버지(패트릭 케네디)는 영국 에이레 시골에서 농사를 짓는 농부였다. 그는 미국에 가면 적은 돈으로 많은 땅을 살 수 있다는 말에 보스톤으로 왔지만 뜬소문이었다. 네 명의 아들 중 막내가 케네디 대통령의 할아버지로 그가 바로 패트릭 제이 케네디다. 그는 식당과 주점을 경영하면서 주민들의 의논 상대가 되어 정치에 관심을 갖게 되었고, 주(州)의원이 되었다. 그에겐 딸 둘과 아들 하나가 있었는데 늘 교훈적인 말로 자녀들을 격려했다. 후에 아들은 하버드대학을 졸업시켜 자신이 지닌 학벌에 대한 핸디캡을 벗으려고 노력했다. 아들 조지프 케네디는 당시 시장 딸인 '로오즈'와 결혼시켜 은행장으로 만들었다. 바로 그가 존 피이츠 제널드 케네디의 아버지이다. 농업에서 상업 그리고 금융업에서 대통령에 이르기까지 장장 120년의 역사이다.

'민우'라는 아이가 있다. 백성민(民)에 도울 우(祐)자다. 그냥 민우라고 하면 재미없을 것 같아 아버지는 어느 날 아들을 '우민책정'이라고 불렀다. 우민은 민우를 거꾸로 부르는 말이고, 책정은 정책(政策)의 거꾸로다. 다시 말해 '백성을 도우는 아이'란 뜻이다. 백성을 도운다는 말은 무엇을 의미하는가? 나라의 큰 일꾼이 된다는 말이다. 아들은 처음에는 무슨 뜻인지 몰라 그냥 듣고만 있었고 아버지는 장난처럼 아들을 부를 때 우민책정이라고 했다.

시간이 흐르면서 아들의 입에서 우민책정이란 말이 흘러나오기 시작했다. 어떤 때는 아파트 복도를 달려가며 우민책정, 우민책정을 외친다. 지금 초등학교 4학년인 이 아이가 자라 어른이 되었을 때 왜 아버지가 '민우'인 아들을 우민책정이라 불렀는지 아버지가 말하지 않아도 깨닫게 될 것이다. 미래의 꿈을 심어 주겠다는 민우 아버지의 긍정적 암시인 것이다.

이 두 가지 이야기의 교훈은 바로 장거리 여행이다. 로마가 하루아침에 이루어지지 않았듯, 키 큰 나무가 그늘과 열매를 만들어내듯, 먼 미래를 내다보고 발걸음을 옮겨야 하는 것이다.

좀더 원대한 꿈을 가져 보자. 인간의 삶은 유한하다는 것을 명심하면서 그 꿈이 이루어지기를 바라며 목표를 설정하자. 사람이 마음으로 자기의 길을 계획할지라도 그 걸음을 인도하는 자는 신이라는 것을 가슴에 새기자.

1998년 9월 3일 각 일간지에 '대한민국 50년, 해외의 한국인'의 한 사람으로 소개된 동상후. 그는 IBM오스틴연구소 회로설계팀 박사로 세계 최초로 1기가 헤르츠(GHz)급 컴퓨터 칩을 개발한 주인공이다. 1기가 헤르츠 칩은 지금까지의 처리 속도보다 3배 이상 빠른 속도로 작동하는 중앙연산처리장치(CPU)이다. 미 언론은 이 칩의 개발을 컴퓨터 CPU개발 역사에 획을 긋는 '이정표적인 사건'이라고 흥분했다.

그는 95년 당시 불가능하다는 주위의 비아냥에도 아랑곳하지 않고 3년여의 연구 끝에 1기가 헤르츠 컴퓨터 칩을 개발해 냈던 것이다. 빨라야 2000년 이후에나 개발이 가능하다고 했던 것을 5년이나 앞당겨 개발해 냄으로써 위대한 한국인의 모습을 전 세계에 알렸다.

우리가 무언가 목표를 세울 때 불가능할 것 같다는 생각이 들면 스스로 포기하기도 하고 주위에서 만류하기도 한다. 그러나 목표가 설정되면 인간의 두뇌는 목표 달성을 위해 위대한 힘을 발휘해 낸다는 것을 역사를 통해서도 알 수 있다.

나는 봄 학기가 시작되면 학생들에게 생애 설계라는 과제물을 제시한다. 학생들의 과제물을 보다가 뜻밖에 발견하게 된 것은 많은 학생들이 구체적인 목표가 없다는 것이었고, 목표가 왜 필요한지 조차 모르는 경우도 있다는 사실이었다. 그러나 한 학기를 마무리할 때쯤이면 왜 삶에 대한 목표 설정이 필요한지 알게 되는 듯 했다. 더 나아가 자신이 설정한 목표를 달성하기 위해 또 다른 도전을 준비한다고 편지를 보내오기도 한다.

불가능한 것이라 해도 구체적인 목표를 설정해야 한다. 목표가 설정되면 우리의 사고는 목표를 달성하기 위한 성공 메커니즘을 작동시켜 성취 가능한 길을 열어 준다. 그렇다면 어떤 목표가 좋은 목표일까?

먼저 목표를 정하기 전에 목표의 근원을 명확히 해야 한다. 목표란 삶의 좌표 설정이다. 그 목표는 자신의 삶을 결정하는 운명 요소이므로 신중하게 생각해야 한다.

첫째, 삶에 대한 뚜렷한 철학과 신념을 바탕에 두고 반사회적이거나 반인륜적인 것이 아닌 인류 공영에 이바지할 수 있어야 할 것이다. 개인의 욕망을 채우기 위해 타인에게 고통을 주는 반사회적이거나 반인류적인 목표는 결코 바람직한 목표라 할 수 없다.

둘째, 구체적이고 명료한 행동의 언어로 서술되어야 한다. 막연하고 추상적인 용어로 '행복하게 산다', '성공한다', '부자가 된다' 는 것이 아니라 '구체적으로 무엇을 위해 살 것인가' 하는 확실하고 명료한 언어가 필요하다. 언제, 어디서, 무엇을, 어떻게 할 것인가를 세부적이고 수치화해서 마음에 각인시켜야 하는 것이다. 예를 들어 몇 년까지 박사학위 취득, 어느 대학의 교수, 년간 수입 설정 등의 구체적인 용어를 써야 한다.

셋째, 실현 가능성이 있어야 한다. 성공하기 위해서는 다소 높은 이상이 필요하다. 하늘을 날고 싶었던 라이트 형제의 꿈은 당시 매우 높은 이상적인 생각이었다. 모두 도저히 실현 불가능한 것이라 생각했다. 천재와 보통 사람들의 차이는 여기에 있다. 성공을 향해 불타는 욕망을 가진 사람들은 이상(꿈)을 꿈으로 여기지 않는다. 우리가 불가능할 것이라고 생각하는 것들도 그들에게는 가능한 일이 된다. 내면에서 창의적이고 개방적인 사고로 목표를 향해 달려가기 때문이다.

넷째, 목표를 달성할 수 있는 시기를 결정해야 한다. 시간을 정해 놓으면 인간은 자신에게 채찍질을 하게 된다. 자신도 알지 못하는 어떤 힘이 앞으로 끌어 주는 것이다.

다섯째, 주요 목표에 따른 단기 목표를 설정해야 한다. 다시 말해 행동할 수 있는 단기 목표가 필요하다. 주요 목표(장기 목표)를 달성하기 위해 내가 치룰 수 있는 대가는 무엇인가? 무엇을 투자해서 자신이 설정한 목표를 이룰 수 있는가? 이에 따른 구체적인 단기 목표가 필요하고 이것은 수시로 상황에 따라 변경할 수 있으며 수정될 수 있어야 한다.

성공을 위한 첫 걸음, 당신은 이미 내디뎠는가?

목표 달성과 자동제어장치

"성공을 향해 계속적인 행위를 반복하고
열정을 가지고 목표를 향해 긍정적인 사고로 행동을 할 때,
우리 안의 창조적인 성공 메커니즘이
작동해 위대한 가능성을 창조해 낸다."
– 본문 중에서 –

인간의 뇌는 입력된 대로만 출력하는 것이 아니라 기존에 입력된 자료를 분석·처리하여 새로운 정보를 창조해 내는 무한한 능력의 소우주이다. 맥스웰 말츠 박사는 인간에게는 타고난 유도장치가 있어 성공을 향한 본능적 메커니즘이 이루어진다고 했다.

인간이 어떠한 목표를 정해놓고 이를 이루고자 할 때 자동제어장치가 있어 환경이나 상황에 적절하게 대처할 수 있게 하며, 자동으로 문제를 해결하는 프로그램이 작동해 인간이 필요로 하는 답변이나 새로운 착상, 영감을 제공한다.

자동제어장치는 일반적으로 두 가지 유형을 가진다. 하나는 목표나 표적 또는 해답이 정해져 있거나 알고 있는 상태에서 그것에 도달하거나 달성해야 하는 경우이다. 다른 하나는 목표나 해답을 모르는 상태에서 그것을 발견하거나 찾아내야 하는 경우다. 인간의 두뇌와 신경조직은 이 두 가지 경우를 다 해낼 수 있다.

첫 번째 유형의 예로 자동 방향조정 어뢰나 요격 미사일을 들 수 있다. 자동 방향조정 어뢰나 요격 미사일은 적군의 배나 비행기를 노린다. 이미 자기가 쏘아야 할 목표물을 알고 있으므로, 그것에 도달하기만 하면 되는 것이다. 그러기 위해서는 목표물이 있는 방향으로 나아가게 하는 일종의 추진 장치를 가지고 있어야 한다. 또한 목표물에 대한 정보를 제공하는 감각기관(레이더, 음파탐지기, 열 추적 장치)도 구비하고 있어야 한다. 이러한 감각기관은 올바른 방향으로 전진하고 있을 때는 옳게 가고 있다는 사실을 알려 주며(긍정적 진단) 방향을 잘못 잡아 올바른 진로에서 벗어나 있을 때는 그것이 틀렸다는 사실을 알려준다(부정적 진단).

그것은 긍정적 진단에는 반응하거나 응답하지 않는다. 이미 정확하게 움직이고 있으므로 그대로 계속 진행하기만 하면 되는 것이다. 그러나 부정적 진단을 반응하는 교정 장치는 구비되어 있지 않으면 안 된다. 만약 방향이 빗나가 오른쪽으로 치우쳐 있다는 부정적 진단이 내려지면 교정 장치에 의해 키나 방향타가 자동 조절되어 왼쪽을 향하게 한다. 그러다가 왼쪽으로 너무 치우치면 다시 부정적 진단을 통해 잘못이 곧 드러나고, 교정 장치는 다시 키 또는 방향타를 돌려 바른 진로를 향하게 한다. 이것은 갈 지(之)자 걸음의 연속으로 목표물을 향해 더듬거리며 찾아가는 형국이다.

이러한 사실은 개인적인 실험을 통해서도 알 수 있었다. 6개월 된 어린 딸아이에게 작은 물체를 내밀었다. 아이는 처음에는 뚫어지게 바라보기만 하다가 갑자기 허우적거리며 물체를 잡으려 했다. 그러나 잡히지 않았다. 결국 아이는 행동을 되풀이했다. 몇 번의 시행착오 끝에 물체를 잡은 아이는 만족감에 물체를 잡고 놓지 않았다(정향반응, 주의집중). 그 후 아이는 쉽게 물체를 잡았다. 성공적인 경험이 뇌에 기록되어 다음의 행위가 매우 수월해진 것이다. 그렇다면 두 번째 두뇌는 어떻게 문제의 해답을 발견할까?

우리는 간혹 길을 가다가 익숙한 목소리에 발을 멈추게 되는 경우가 있다. 어디에서 들어본 목소리인데 누굴까? 기억된 정보를 더듬거리다가 '아! 맞다' 하게 되는 경우가 있다. 이는 장기기억의 저장고 속에서 자신이 요구하는 정보를 찾아내는 것이다. 어둠 속에서 물건을 찾을 때도 더듬거리며 물건이 있을 것 같은 과거의 경험을 바탕으로 결국 자신이 찾고자 하는 것을 찾아낸다. 인간 자동제어장치의 또 다른 기능은 재입력되지 않은 자료는 오랜 시간이 흐른 후 망각이라는 이름에 자료를 숨기기 때문에 무한한 입력이 가능하다는 것이다.

컴퓨터는 저장고가 가득 차면 에러가 생기거나 용량이 부족하다는 신호를 보내온다. 그러나 인간의 자동제어장치는 중요하지 않은 정보, 즉 주의력을 집중시키거나 반복 입력을 하지 않으면 저절로 빠져나가는 '대치현상'이 생긴다. 그러므로 주의력을 집중시킨 중요한 정보는 반복을 통해 재입력되고 이러한 자료는 영구 보존되는 것이다. 그러므로 긍정적인 사고의 반복, 긍정적인 언어의 반복은 그 사람의 긍정적 이미지를 형성한다.

불행하지 않으려고 발버둥칠 것이 아니라 성공을 향해 계속적인 행위를 반복하고 열정을 가지고 목표를 향해 긍정적인 사고와 적극적인 행동을 할 때, 우리 안의 창조적인 성공 메커니즘이 작동해 위대한 가능성을 창조해 내는 것이다.

인간은 성공할 수밖에 없는 수많은 조건과 이유를 갖고 있다. 당신은 지금 성공할 수밖에 없는 이유와 조건을 손에 쥐고 있는가?

시간관리와 자아실현

"내일 이 세상에 종말이 와도
오늘 나는 한 그루의 사과나무를 심겠다."
- 스피노자 -

성공적인 삶을 위해서는 시간관리(Time management of Suc-cess Life)가 필요하다. 인간은 누구나 행복한 삶에 대한 욕구가 있다. 그러나 그 행복한 삶이란 개개인의 얼굴만큼 다양한 색깔과 형태(Self-Image)를 지니고 있어 '행복이란 이런 것이다' 라고 단언할 수 없다. 다만 우리가 어떤 목표를 갖느냐에 따라 또는 그 목표를 달성하는 방법에 따라 현명한 사람은 지름길을 발견해 보다 빠른 성취를 통해 자기만족을 얻게 되며, 이러한 만족의 횟수가 많아질수록 행복을 느끼게 된다. 반면, 그렇지 못한 사람들은 불평과 불만의 횟수가 많아져 불행을 말하게 되고, 평범하고 고루한 삶을 살게 된다.

신이 인간에게 부여해 준 삶이라는 운동장에서 나름대로 일을 하다가 해질 무렵 부모님이 부르면 집으로 달려가는 아이들처럼 우리는 인생운동장에서 하나, 둘씩 사라져가는 것이다. 이 운동장에서 한번쯤은 누구나 나는 누구이며, 어떻게 사는 것이 옳은 것인가? 왜 우리는 성공과 행복을 원하는 것인가? 등을 생각하게 된다.

주연 배우가 될 것인가 조연 배우가 될 것인가는 스스로 선택하는 삶인 것이다. 나는 어떻게 살 것인가? 자신에게 자문해 보라. 가슴 저 밑바닥에서 행복하고 싶고, 성공하고 싶다는 소리가 들린다면 당신의 삶은 성공적일 수 있을 것이다. 만약 그렇지 못하다면 다시 한 번 자신의 삶을 되새겨 볼 필요가 있다.

당신이 행복하고 성공하기를 원한다면 당신이 가진 시간에 열정을 바쳐라. 아무리 뛰어난 능력을 소유한 사람이라도 훌륭한 이미지를 만드는 것은 시간 안에서 가능한 것이다. 인류 역사상 수많은 성취인들이 발견한 귀한 지식이나 이론도 그들에게 부여된 시간 안에서 가능했다.

시한부 인생을 사는 사람들은 '조금만 더 시간이 주어진다면 다시 살고 싶다'고 말한다. 어제도 왔고 오늘도 왔고 내일도 시간은 계속 주어질 것이라는 안일한 생각으로 어제도 오늘도 그렇게 산다면 내일도 그렇게 살게 될 것이다. '내일 이 세상에 종말이 와도 오늘 나는 한 그루의 사과나무를 심겠다.'고 말한 스피노자는 최후의 순간까지 최선의 삶을 살아갈 것을 암시한다.

우리에게 주어진 일회적인 인생이 지금도 흘러가고 있다. 누구에게나 주어지는 24시간을 어떤 이는 48시간으로 어떤 이는 25시간으로 또 어떤 이는 10시간 미만의 삶으로 살아간다. 인간에게 부여된 하루라는 시간은 활용하기에 따라 48시간이 될 수도 있고, 10시간 미만이 될 수도 있다. 그렇다고 시간에 얽매이는 시간의 노예가 되라고 하는 것과는 분명히 다른 시간 관리인 것이다. 신이 나에게 자연적으로 부여해 준 하루라는 시간을 어떻게 인위적으로 사용하는가에 따라 그 사람의 삶의 가치는 결정된다.

우리가 텔레비전을 보거나 비행기나 기차를 기다리는 동안, 출·퇴근 시간, 지하철이나 버스를 기다리는 시간에도 5분은 쉽게 흘러가고 있다. 그때 당신은 무엇을 하며 보내는가? 성공자와 실패자의 차이는 5분이다. 5분 더 일을 하느냐 덜 하느냐의 차이인 것이다. 우리는 5분이 없어서 비행기를 놓치고 기차를 놓치며 귀중한 계약을 포기해야 할 때가 있다.

우리에게는 준비하는 5분이 필요하다. 지금 지그시 눈을 감고 내가 해야 할 일이 무엇이고, 어떻게 해야 될 것인가를 생각해 보라. 준비하는 5분은 50분 아니 5시간을 편하게 살 수 있도록 만든다. 아침에 준비하는 5분이 당신의 하루를 슬기롭게 살 수 있게 만들 것이다. 그리고 그 하루를 슬기롭게 사는 것은 우리에게 1달, 10달, 1년, 10년의 행복을 가져다 주는 유일한 길인 것이다.

꿈을 이루기 전에는 절대로 죽지 않는다

"긴급한 것은 별로 중요하지 않고,
중요한 것은 별로 긴급하지 않다."
– 아이젠하워 –

'꿈이 더디 이루어지는 것은 생명의 연장이다.' 라는 말처럼 신은 꼭 이루고자 하는 뚜렷한 목표를 가진 인간에게는 꿈을 이룰 수 있는, 그 일을 해낼 만한 기회인 시간을 우선적으로 부여한다. 그래서 리빙스턴은 '꿈을 이루기 전에는 절대로 죽지 않는다.' 고 말하기도 했다. 신은 반드시 그 꿈을 이룰 만큼의 시간을 인간에게 부여해 준다.

링컨(1809~1865)은 통나무집에서 태어나 가난과 씨름하며 정규교육도 제대로 받지 못했지만 꾸준히 독학하여 변호사가 되었고, 주 의회의원, 국회의원을 거쳐 마침내 대통령이 되었다. 그의 영광 뒤에는 피땀 어린 노력이 있었다. 27세에 변호사 시험에 합격한 그는 합격의 비결을 묻는 기자에게 이렇게 말했다.

"비결 같은 것은 없습니다. 단지 하고자 하는 결심뿐이었습니다. 그 결심만 있다면 반은 합격한 셈이지요. 그 다음은 노력하는 것입니다. 좋은 책을 읽고, 내용을 확실히 파악하려고 노력하면 되지요."

가난한 집안에서 태어나 나라 없는 망국의 슬픔으로 얼룩진 조국의 현실을 보며 '언젠가는 내 조국을 찾겠노라.' 맹세했던 백범 김구. 그의 평생 소원은 조국의 광복이었다.

그는 독립운동을 하다가 일본군에게 붙잡혀 감옥 생활을 하며 감옥 마당을 쓸면서도 '하나님, 저에게 나라가 독립한 후에 세워질 우리 정부 청사의 뜰을 쓸게 하시고, 그 건물의 유리창을 닦을 수 있는 기쁨을 누릴 수 있게 해주십시오.' 라고 소원했다.

조국의 정부청사에 들어가 마당을 쓸고, 유리창을 닦아 보고 싶을 만큼 독립을 원했던 진정한 애국자 김구. 그러나 그는 애석하게도 해방과 함께 불어 닥친 조국의 분단, 그 비극의 벼랑에서 목숨을 잃었다. 그러나 당신의 소원이었던 조국 광복의 영광은 안았으니 신은 김구에게 조국 광복의 꿈을 이룰 기회를 분명히 부여해 주었다고 본다.

당신이 이루고자 하는 꿈을 원대하게 꾸어라. 그리고 신이 준 기회이자 생명이며, 선물인 시간을 소중하게 사용하는 시간 관리를 하라. 우리는 홍수처럼 밀려오는 정보에 쫓기는 하루를 보내고 있다. 성공적인 삶과 올바른 나의 이미지를 만들기 위해 중요한 것이 무엇이며, 반드시 이루어야 할 것이 무엇인지 알아야 한다. 목표도 목적도 없이 봇물처럼 밀려오는 정보와 시간의 노예가 되어 쫓기듯 살아가고 있는 것은 아닌지 다시 생각해 보라.

아이젠하워 대통령은 '긴급한 것은 별로 중요하지 않고, 중요한 것은 별로 긴급하지 않다.' 고 말해 긴급한 것이 반드시 중요한 것은 아니라는 점을 시사했다. 그러므로 일의 우선순위를 결정해 긴급성에서 벗어나 중요한 것을 중심으로 시간의 초점이 맞춰져야 할 것이다. 더 많은 시간을 요구하기보다는 더욱 중요한 일을 할 수 있는 시간 관리하는 습관을 만드는 것, 이것이 시간 관리이자 목표 관리라 할 수 있다.

키스 상자의 교훈

*"만일 우리에게 겨울이 없다면 봄이 그토록 즐겁지 않을 것이다.
우리들이 이따금 역경을 맛보지 않는다면
성공은 그토록 환영받지 못할 것이다."*
– A. 브래드스트리트 –

지금까지 성공하는 행복한 삶을 살기 위해 어떻게 해야 하는가를 설명했다. 그러나 아직도 논리적이고 비판적인 독자들은 '그런다고 되겠어?' 라며 다소 회의적인 반응으로 앞의 이야기들을 부정하고 싶어할지 모른다.

그러나 생각해 보라. 달리 대안이 없지 않은가? 알약 하나를 먹어서 긍정적인 습관이 만들어지고 내 운명이 바뀔 수 있겠는가? 변화를 가장 잘 받아들이는 것은 어린이들이다. 순수하기 때문이다. 논리와 사고의 기능을 제어하고 완전한 감성으로 벌거벗기 때문이다. 어린이의 자아로 돌아가자. 그래서 무한한 가능성에 귀를 기울이자.

의사거래 분석을 창시한 에릭 번은 인간에게는 3가지의 인격체가 동시에 존재하며, 이 세 가지 인격체가 상황에 따라 역할을 달리해 언어와 행동으로 나타난다고 했다. 더 나아가 인간관계에서 중요한 요소로 작용해 관계의 성공과 실패를 낳는 중요한 요인이라고 설명한다.

첫 번째 자아는 어린이 자아로 다섯 살 이후 외부에서 일어나는 일에 반응하는 과정에서 생기는 것들을 자신의 내부에 영구적으로 기록하는 것이다. 엄마가 어떤 일을 했을 때 이것을 모방해 따라하면서 자신의 것으로 내면화하는 과정도 여기에 속한다. 어린이 자아는 독창적이고 창조적이며, 어떤 일에나 자발적이어서 우리가 갖고 있는 성격 중에서 가장 생기발랄한 부분이다. 호기심도 이러한 영역이고 직관, 생물학적 충동들, 보이고 경험하는 것을 적극적으로 배우려고 하는 학습 의욕도 여기에 속한다.

두 번째 자아는 성인 자아로 세상이 어떻게 돌아가는가에 대해 논리를 세우고 '왜?', '무엇 때문에?' 라는 질문을 수없이 던지고 생각하면서, 상황을 예언하고, 결과를 예측하는 이성적 자아를 말한다.

세 번째는 부모적인 자아로 인생의 초기 5년(다섯 살까지) 동안 부모나 자신을 길러준 사람들의 훈련과 모습에서 삶의 개념이 기록된 것을 말한다. 즉 전통과 가치, 목소리와 태도까지 흉내를 내면서 만들어진 자아다. 이것은 나중에 권위나 지시를 하는 자아로 형성된다. 자아라고 우리가 단순히 표현하는 것도 이렇게 복잡하고 다른 모양의 것들로 구성되어 있다. 여기서 적극적이고 긍정적인 자아를 만들기 위해 우리가 잘 살펴보아야 하는 자아는 '어린이 자아' 다.

한 남자가 사업이 어려워 부도 위기에 처했다. 그는 아내와 이혼하고 술만 마시며 괴로운 시간을 보내고 있었다. 하루하루가 피를 말리는 시간들이었다. 그에게는 7살 난 딸이 있었다. 크리스마스 날, 아빠의 어려움을 아는지 모르는지 아이는 크리스마스트리를 장식하자고 떼를 썼다. 아빠는 철없는 아이에게 화를 냈다. 그리고는 술에 취해 잠이 들었다. 다음날 아침 술기운에 젖어 있는 그를 깨우는 손길이 있었다. 딸이었다. 아이가 말했다.

"아빠, 아빠를 위한 크리스마스 선물이에요."

그는 선물을 준비하지 못한 자신의 처지와 아이의 한가로운 생각이 머리에 범벅이 되면서 짜증이 났다. 그리고 상자를 풀어보니 선물은 빈 상자였다. 그는 다시 한번 화가 났다.

"아빠를 이렇게 놀려도 되는 거니? 우리 형편은 지금 한가롭게 선물을 나눌 수 있는 처지가 아니란다. 알아듣겠니?"

화가 난 아빠의 얼굴을 바라보는 아이의 눈은 티 없이 맑았다. 아이는 두 눈에 가득 눈물을 담고 이렇게 대답했다.

"아빠, 이것은 빈 상자가 아니에요. 이 상자에는 저의 키스와 제 입김이 가득 차 있어요. 이거 모두 아빠 것이에요. 아빠 가지세요."

이 말을 들은 그의 눈에 눈물이 고였다. 자신의 잣대로만 세상을 보려고 했던 그는 진정으로 딸에게 사과하고 아이를 끌어안았다. 상자는 남자를 다시 일으켜 세웠고, 그가 낙심하고 힘들 때마다 그를 지켜주는 황금상자가 되었다고 한다.

아빠를 위한 키스 상자를 만드는 것, 그 자그만 상자 속에 자신을 넣어 아빠에게 모든 것을 줄 수 있는 마음, 이것은 어린 아이가 아니면 생각해 낼 수 없는 창조적이고 긍정적인 생각이다. 동심만이 만들어낼 수 있는 작품인 것이다.

아이들은 창조적인 무한한 상상력을 갖고 있다. 어른들이 항상 논리로 무장하고 긍정보다 불안과 의심으로 사물을 볼 때도 아이들은 겁없이 도전하고 가능성만을 보며 달려간다. 아이들의 상상력은 시공을 초월하고 무의식의 세계까지 자유롭게 넘나든다. '성인 자아'가 논리라는 것으로 분석하고 판단하면서 성공의 가능성을 줄여가고 있을 때 '어린이 자아'는 불가능을 가능이라고 믿어 의심하지 않고 밀어붙인다. 자신의 영역에서 성공하고 업적을 남긴 사람들의 일대기를 보면 '어린이 자아'가 더 많은 힘을 발휘했을 것이라는 생각을 하게 된다.

원하는 것의 가능성을 따지기 전에 먼저 목표를 세우자. 그리고 이것을 '어린이 자아'로 바라보자. 형이상학자 네비에는 '궁극의 의지를 받아들이는 것이 바로 궁극에 이르는 방법'이라고 했다. 자신이 성공했을 때의 모습을 머리 속에 그리자. 그 외 계산이나 논리는 일단 접어두는 것이다. '어린이 자아'로 돌아가서 '그럼에도 불구하고' 긍정적으로 바라볼 수 있는 눈을 갖는다면 사랑의 키스로 가득 찬 황금상자를 당신도 갖게 될 것이다. 그리고 내 속에 어린 자아가 꿈틀댈 때마다 그 소리에 귀를 기울여보자.

존재의 이유

"행복의 문 하나가 닫히면 다른 문이 열린다.
그러나 우리는 대개 닫힌 문을 멍하니 바라보다가
우리를 향해 열린 문을 보지 못한다."
– 헬렌 켈러 –

대학시절 상담실에서 아르바이트를 할 때였다. 어느 날 다리가 불구인 한 여인이 찾아 왔다. 한눈에도 소아마비를 앓았을 것으로 짐작되는 사람이었다. 이 여자의 사연은 소설 한 권을 채우고도 남을 만큼 기구하기 짝이 없었다.

한국 전쟁의 폐허 위에서 아버지는 가난에 허덕여야 했고, 어머니는 일찍 병으로 돌아가셨다. 아버지는 새엄마를 얻으셨다. 불구인 딸을 제대로 키워보겠다던 아버지였지만 늘어가는 식구와 가난 때문에 아버지와 새엄마는 늘 다투었다. 동생들은 해마다 늘어났고, 가세는 점점 더 기울어져 갔다.

맏딸인 그녀는 초등학교를 겨우 졸업하고 선택의 여지없이 공장에 들어갔다. 그녀는 열심히 일했다. 성품이 온순하고 성실했기 때문에 돈도 제법 모았다. 다리가 불구였기 때문에 남들이 놀러갈 때 재봉틀을 돌린 덕분에 남들보다 돈을 더 벌 수 있었고, 그녀가 돈을 버는 대로 집안의 가세가 그나마 조금씩 나아졌다. 동생들은 그녀는 꿈도 꾸지 못했던 상급학교를 다닐 수 있었고, 졸업 후 각자 제길을 갔다.

그러나 가족들 누구하나 그녀에게 고마워하는 사람도, 장래를 염려해 주는 사람도 없었다. 그 시대의 순박한 시골처녀들이 자신을 희생해 동생들을 키우듯 그녀도 같은 길을 갔다. 희생이 끝날 때가 되었어도 막상 그녀가 가야할 길은 없었다. 동생들의 뒷바라지가 어느 정도 끝나고 부모님이 농사 지을 땅이 생기고 나서야 그녀는 자신을 돌아보았다. 하지만 결혼을 생각하기에는 이미 너무 많은 나이였고, 그제서야 그녀는 자신의 희생이 너무 컸다는 사실을 깨달았다. 그러나 누구하나 그녀를 위로해 주는 사람은 없었다. 자신의 짝은 어디에도 없는 무용지물 같았다. 지나온 시간이 너무나 기가 막혔다. 남은 것은 죽음밖에 없다고 생각했다. 그래서 찾아간 곳이 여수의 남해대교였다. 다리에 서서 주변을 돌아보니 모두 행복한 사람들뿐이었다. 자신만이 외로운 섬에 서 괴물의 먹이가 되기를 기다리는 희생양처럼 초라하게 느껴졌다. 다리 밑을 내려다보며 뛰어내리면 죽음이라는 괴물이 자신을 먹어버릴 것이라는 생각이 들었다. 그 순간 지난날들이 떠올랐고 자신으로 인해 행복한 사람들이 있었다는 생각이 번득 머리 속을 스치고 지나갔다. 그녀는 자신을 위로하며 다리를 지나왔다. 그리고 발길을 옮긴 곳이 바로 내가 일하고 있던 상담실이었다.

울음 속에 뱉어놓은 그녀의 사연을 들으며 나는 함께 울었다. 그녀는 긴 이야기를 끝내고 이제는 후련하다며 돌아갔다. 그리고 얼마 후 자신보다 더 힘겨운 사람들을 만나기 시작했다. 자신은 비록 다리가 불구지만 가고 싶은 곳은 어디든 갈 수 있었다. 그러나 다리가 없어 무릎으로 기어가는 사람을 보며 자신이 할 일이 있다는 것을 알게 되었고, 보지 못하고 듣지 못하는 사람들에게 눈과 귀가 될 수 있음을 알게 되었다. 그것은 그녀를 행복하게 만들었다. 스스로 지탱할 수 있는 힘도 키웠다.

얼마 후 그녀는 자신이 가야할 길은 자선사업이고, 꿈을 실현한 후에 찾아 오겠노라 약속을 남기고 갔다. 김천 어딘가에 살고 있다는 그녀는 한동안 연락이 없더니 어느 날 결혼했다는 소식을 전해왔고 그 후 연락이 끊겼다. 지금 20년의 세월이 흘렀지만, 아직 그녀의 소식을 듣지 못했다. 그러나, 성공해서 반드시 찾아오겠다던 그 약속을 지금도 나는 기다린다. 20대 초반의 내가 당시에 할 수 있었던 일은 그녀가 쏟아내는 얘기를 들어주고 함께 눈물을 흘리는 일밖에 없었다. 죽음을 각오하고 마지막으로 선택한 곳이 상담실이었고, 자신의 처지보다 더 어려운 사람들을 돌보겠다고 생각한 것은 그녀 자신이었다. 자신의 내면에 숨어있는 자신의 존재 가치를 깨닫게 된 것이다. 마지막으로 죽음까지 생각했던 그녀가 자신을 이겨낸 것은 '상담실'이라는 공간도 얘기를 들어주던 어린 대학생도 아니었다. 자신도 몰랐던 자기 내부의 '힘'을 스스로 발견한 때문이었다.

사람은 누구나 살아있는 이유, 존재해야 하는 이유가 분명하다. 이유를 모르겠거나 잊었다면 나로 인해 행복해하는 수많은 사람들의 얼굴을 떠올려 보라.

상상하면 이루어진다

🌳

"사람의 마음은 자석과 같아서 생각하는 것을 끌어당기는 힘을 갖는다.
원하는 것을 끊임없이 생각하고 또 생각하라.
그렇게 하면 그대로 이룰 것이다."
− 앤드류 매튜스 −

사이버 네틱스에서 심리학자 헤리 에머슨 포즈딕 박사는 "패배한 자신을 생생하게 그려보라. 그러면 그것은 참으로 놀랄만한 힘으로 성공을 방해한다. 그러나 승리자로서 자신을 실감나게 그려보라. 그러면 그것은 엄청난 기세로 자신을 성공으로 이끌어 갈 것이다."라고 말했다.

이제 생각을 변화시킬 수 있는 실제적인 체험을 해보자. 성공하는 삶은 자신이 무엇을 할 것인지 어떤 사람이 될 것인지를 그려내는 상상력에서 시작된다. 가능하면 구체적으로 정밀하게 상상하라.

조용히 눈을 감고 과거의 어린 시절로 돌아가자. 그리고 당신의 잠재의식에 있는 상상의 그림을 끄집어내자. 간절히 원했던 것은 무엇인지 그것의 색깔, 냄새, 모양, 촉감까지 구체적으로 그리고 느껴보자. 사람의 신경조직은 현실의 경험과 상상 속의 경험을 구별할 줄 모른다고 한다. 따라서 진실로 원하는 것을 실제 있는 것처럼 정신적 영상을 그려나가면 마치 그 일을 실제로 경험한 것과 같은 효과를 얻을 수 있다는 것이다.

맥스웰 말츠 박사는 두 그룹으로 나눠 농구공을 골대에 넣는 실험을 했다. 한 팀은 실제로 몸을 움직여 연습을 하고 다른 한 팀은 앉아서 상상만으로 연습한 것이다. 실험 결과 두 팀의 골 성공률은 거의 차이가 나지 않았다고 한다.

이를 바탕으로 영업 사원에게 판매고를 많이 올리는 상상훈련을 시켰더니 실제로 판매율이 상승했다. 또 직장을 구하는 사람에게 인터뷰하는 과정을 상상훈련으로 여러 차례 반복해 자신감을 갖게 해주었더니 당당하게 취직했다. 상상훈련을 통해서 자신이 원하는 것을 얻을 수 있는 것이다.

상상훈련은 성공 이미지 사진(Sucess Image Picture)이라고도 한다. 자신이 원하는 것들에 대해 성공 조감도를 사진기의 필름처럼 한 컷 한 컷 마음으로 시뮬레이션 해보며 준비하면 성공에 가까워지고 실패하지 않는 길을 갈 수 있다는 논리다. 현재는 성공과 멀리 있고, 실제로는 성공이 보이지 않지만 영사기를 돌리듯 반복해서 돌리면 반드시 목적하는 바를 이룰 수 있다고 말츠는 주장한다. 나는 이 학자의 논리를 내 삶에서 느낄 수 있었고 수많은 예들을 보아왔다.

당신이 갖고 싶은 집이 있다면 먼저 갖고 싶은 집의 사진을 찍어라. 그리고 그 사진을 당신의 책상 위에 놓고 매일 매일 바라보는 일부터 시작해 보라. 그 행동의 시작이 당신의 사고를 확장시켜 줄 것이다. 만일 당신이 이루고 싶은 직위가 있다면 그 모습을 그림으로 그려 보라. 당신이 서 있을 그 자리에서 함께 하는 사람들의 웃는 모습과 당신의 행복한 웃음을 느껴보라. 심장의 고동소리가 점점 커지는 것을 느낄 수 있을 것이다.

매일 하루에 두 번, 잠들기 전에 3분, 아침에 일어나서 3분, 당신의 상상력을 발휘해 보라. 이런 연습이 당신의 신경계에 새로운 정보를 제공하고, 이 정보는 미래의 당신과 동화시키고 조절하며 그 모습을 현재의 당신과 일직선으로 연결한다. 하루에 두 번, 이상적인 당신의 모습을 자신에게 보여주자. 우리가 성공한 사람이라고 말하는 사람들은 대부분은 이렇게 창조적인 상상력을 발휘해 번뜩이는 아이디어를 개발했고, 상상력으로 많은 돈을 벌었다.

변함없는 소망과 뚜렷한 목표, 끊임없는 성공을 위한 상상 훈련이 당신을 성공자로 만들어 줄 것이다. 어떤 사람이 매일 밤 잠들기 전에 몸을 풀고 안정된 상태에 들어갔을 때 자신이 이루고자 하는 목표를 상상했다. 그는 자신이 성공했을 때의 모습을 상상하면 흥분해서 잠을 설치기도 했고, 어떤 때는 성공에 대한 소망을 안고 잠에 빠져들기도 했다. '내일 아침에는 그 목적을 달성하기 위해 그를 만나야지. 아니야, 그 사람보다는 A를 만나는 것이 더 좋겠어!' 그는 10년 후 자신이 소망하는 바를 달성할 수 있었다.

쓸 때 없는 것처럼 보였던 상상! 성공한 당신의 모습을 그리는 상상이 당신을 진짜 성공으로 이끌어줄 것이다.

꿈은 꾸는 놈이 임자다

🌳

"희망은 잠자고 있지 않은 인간의 꿈이다.
인간의 꿈이 있는 한 이 세상은 도전해 볼 만하다.
어떠한 일이 있더라도 꿈을 잃지 말자. 꿈을 꾸자.
꿈은 희망을 버리지 않은 사람에게 선물로 주어진다."
– 아리스토 텔레스 –

늘 강의 소재를 찾아 헤매는 내 모습을 지켜보던 신문사의 한 친구가 어느 날 소재를 제공해 주었다. 그리고 건네준 소재는 영국의 모 일간지에 소개된 내용으로 사랑하는 사람의 사진을 보여 주고 머리에 전구를 연결해 자기공명사진(FMRI)을 찍은 결과 사람에 따라 6~20개의 전구에 불이 들어 왔다는 것이다.

사진이란 실제로 존재하는 것이 아닌 상상의 만남이다. 그럼에도 뇌에 도파민이라는 유익한 물질이 배출됨으로써 인체에 긍정적인 영향을 미친다는 내용이었다. 이처럼 상상하는 것만으로도 우리의 인체는 반응을 일으킨다. 그런데 사랑하는 사람과 실제로 포옹하고 사랑을 나눈다면 아마도 우리의 몸은 도파민을 무더기로 배출할 것이다. 건강하기를 원한다면, 행복하기를 원한다면 사랑의 열정을 불태워라.

주변에 벤처기업가라는 이름으로 열심히 일하는 친구들이 여럿 있다. 대부분 10여 평 남짓한 사무실에서 일을 하고 있지만 조만간 이루어질 미래에 대한 상상 성공조감도(Success Mental Picture)에 젊음을 불태우고 있다. 153억 짜리 빌딩 조감도를 그려놓고 아침에 출근하면 그 조감도에 인사를 한다. 점심 먹으러 갈 때, 저녁에 퇴근할 때, 잠자리에 누워서도 오로지 그 153억 짜리 빌딩에 정신이 가 있다. 언젠가는 반드시 이루리라는 굳은 신념으로 오늘도 열심히 일하고 있는 그들은 출근 시간에 어여쁜 아가씨가 혼잡한 엘리베이터 안에서 자신의 발을 밟아도, 화내는 법 없이

"우째 내 발이 그 밑에 들어 갔디야?"

라며 여유를 부릴 줄도 안다. 그들에게는 미래가 있고 희망이 있기 때문이다.

우리들의 상상력은 과거와 현재, 미래의 시공을 초월한 여행이 가능하다. 지금 로렐라이 강변을 따라 고성의 아름다움도 감상할 수 있고, 핀란드의 조용한 시골과 주변의 목가적 풍광에 넋을 빼앗길 수도 있다. 신선들이 산다는 중국의 장가계도 갈 수 있으며, 록키 산맥의 빙하가 흘러내려 이룬 옥빛 호수에도 갈 수 있다. 비록 작은 사무실에 앉아 꾸는 꿈이지만 5년 후 아니 10년 후에는 반드시 그 곳에 가 있을 것이라는 상상 성공조감도가 당신의 가슴에 불길을 당기고, 그 불길이 머릿속에 새로운 영감을 떠오르게 해 마침내 당신은 153억 짜리 빌딩의 주인이 되어 그 곳에 가 있는 자신을 발견하게 될 것이다.

제 5 부

인생에서 우리는 누구나 일등

인간은 위대한 자연의 기적

🌳

"당신이 생명을 사랑한다면 시간을 낭비하지 말자.
시간이야말로 생명을 만드는 재료이니까."
– B. 프랭클린 –

송아지는 태어나자마자 금방 일어선다. 이것은 생존을 위한 본능이다. 그러나 만물의 영장이라는 인간은 4개월이 지나서야 고개를 가누고 몸을 뒤집고 일어서며 한 발을 떼기까지 적어도 10개월의 시간이 필요하다.

처음 아이를 낳아 기르는 부모들은 흔히 '저것이 언제 사람 구실을 하느냐'고 걱정한다. 그렇다. 누워서 성인들의 보호로만 생존이 가능한 신생아를 보면 언제 직립보행이 가능할까 싶을 정도로 인간은 미약하다. 그러나 인간은 엉덩방아를 찧으면서도 다음 발자국을 옮기고 급기야 종종 걸음을 칠 수 있게 된다. 인간이 이렇게 진보하는 이유는 무엇일까? 자연의 메커니즘이라 치부하기엔 너무 놀랍다.

여기에 놀라운 이론을 제시하는 신학자가 있다. 바로 미국의 죠셉 머피다. 그의 이론에 따르면 인간이 단계적으로 진보하는 이유는 '긍정적 사고'를 가지고 있기 때문이다. 만약 인간의 머릿속이 온통 부정적인 생각들로 가득 차 있다면 결코 한 발짝도 걷지 못하리라고 말한다. 실패할 것을 두려워하거나 엉덩방아가 두려운 아이는 다시 일어서지 못할 것이라고 그는 말한다.

인간의 탄생, 그 고귀함은 신비롭다. 그래서 흔히들 신의 영역이라고 말하는지도 모른다. 그러나 무한한 가능성을 개발하는 것은 인간의 의지에 달렸다. 인간은 이미 어머니의 뱃속에서부터 성공 메커니즘으로 이루어졌다.

여성의 생식기는 두 개의 난소와 두 개의 나팔관 등으로 이루어져 있다. 난소는 난자를 저장하는 곳으로 배란이 끝나면 호르몬이 난자의 성숙을 자극해 성숙된 난자가 나팔관으로 이동해 정자를 기다린다. 이때 정자와의 타이밍이 맞으면 수정이 이루어진다. 인간 탄생의 결정적 순간이라고 할 수 있다. 한정된 시간에 정자와의 만남은 결코 쉽지 않다.

정자가 난자를 만날 수 있는 기회는 시작부터 순조롭지 않다. 그 만남에서 하나의 생명체를 만들기까지는 더욱 어려운 과정이 산재해 있다. 정자의 노력은 세상에서 사투를 벌이는 인간의 형상과 너무나 똑같다. 강한 자만이 살아남을 수 있다. 강한 자만이 세상을 이끌어 가는 것이다. 인류 역사는 몇몇 위대한 인간들에 의해 이루어져 왔다. 플라톤이 그렇고 파스퇴르가 그러했으며 아이작 뉴톤, 갈릴레오 갈릴레이, 라이트 형제가 그러했다. '안 된다', '못한다'고 하는 사람들이 아닌 적극적이고 활동적이며 강한 몇몇 사람들의 노력으로 또 다른 세계가 펼쳐지는 것이다. 인간의 정자도 그렇다. 사력을 다해 달려온 단 하나의 정자가 인간이 되는 것이다.

정상적인 남성은 하루에 수억 개의 정자를 생산해 낸다. 이렇게 많은 정자 중 여성의 나팔관에 들어가는 정자는 500개 이하이며, 이 가운데 단 하나의 정자만이 난자와 수정해 인간의 신비가 시작되는 것이다. 난자를 만나기 위한 정자의 사투는 세상에 태어나 삶을 살아가는 한 형태의 전초전이었다고 볼 수 있다.

500개의 정자는 먼저 여성의 질 속에서 산성이라는 강한 적과 마주치게 된다. 그 속에서 수많은 정자들이 죽어 가고 살아남은 정자의 여행은 계속된다. 기나긴 나팔관 여행 끝에 가장 먼저 달려온 단 한 마리의 정자만이(가장 강하고 활발한) 난자와 결합한다. 일단 하나의 정자가 난자와 결합하면 난자의 표면은 다른 정자의 침입을 막기 위해 변한다. 이때부터 266일의 임신기간에 돌입하는 것이다.

물론 예외는 있다. 보통 1,000명 중 12명꼴로 일란성 또는 이란성 쌍둥이를 잉태하기도 한다. 이때도 각각의 인간은 유전과 환경에 의해 특성을 달리한다. 수정 이후 하나의 난자가 분열하면서 나팔관을 지나 3~4일 후 자궁에 무사히 정착하게 되면 7~14일 사이에 수정란은 자궁벽에 착상하게 된다. 새살림이 시작되는 것이다. 그렇게 38주가 지나면 태아는 세상을 향한 첫 울음을 터뜨린다. 그러나 수정란이 제대로 여행하지 못하는 경우 자궁 외 임신, 나팔관 임신 등으로 인간으로서의 승화는 불가능해진다. 어머니의 자궁 속에서 세상을 향해 탄생의 문을 열고 나오는 과정 또한 엄청난 고통의 시간이다.

이렇듯 오늘의 나로 성장하기까지 나의 존재는 얼마나 위대한가? 평균 신장 50cm, 평균체중 3kg의 신생아로 태어나 '오늘의 나'가 되기까지 나는 자연의 위대한 기적이요, 신의 작품인 것이다. 그런데도 우스운 인생, 하찮은 인생으로 살 수 있을까? 그저 평범한 인생을 살다가 죽을 것인가? 아니면 정자의 사투처럼 끊임없는 노력으로 또 다른 승화를 이룰 것인가?

삶은 당신 자신에게 달려있다.

'양, 가'집 아들 딸은 서럽다

> *"인간은 재주가 없어서라기 보다*
> *목적이 없어서 실패한다."*
> *– 윌리암 A. 빌리 선데이 –*

요즘에는 아이들의 창조성을 중시하여 성적의 등수를 중시하지 않지만, 예전에는 수,우,미,양,가로 등수를 매겼다. 물론 수는 우수한 성적이고 양, 가는 시원치 않은 성적을 의미하는 것이다.

〈TV는 사랑을 싣고〉라는 프로그램이 있다. 예전에 신세를 졌던 사람이나 첫사랑의 연인 등 그리운 사람을 방송국 리포터가 대신 찾아주는 프로이다. 이 프로에서 그리워하는 사람을 찾는 가장 기본적인 방법은 등장 인물의 초등학교를 찾아가는 것이다. 그 사람이든지 찾는 사람이든지 주소지 확인을 위해 빛바랜 학적부를 뒤지는데 주소만 보고 넘어가면 될 것을 짓궂은 리포터는 기어이 성적표를 들춰내 익살을 떤다. 이 프로의 주요 리포터인 이창명이란 개그맨이 프로의 뒷 이야기를 엮어서 만든 책의 제목이 『올가 올가』이다. 정작 그의 성적표가 전부 '가' 였기 때문에 붙여진 제목이 'All 가, All 가' 란다.

처음에 이 프로에서는 특수한 경우를 제외하고는 성적표를 공개하지 않거나 공개하더라도 성적이 우수한 사람의 성적표만 공개했다. 그런데 요즘에는 '수'라고 된 곳만 보여주고 나머지 부분은 가려 놓는다. '미,양,가'를 고루 받으며 자란 많은 사람들에 대한 예의가 아닌 것 같아 시청자의 한 사람으로써 기분이 씁쓸했다. 생각해 보면 모두 과거 사고, 성적이 우수한 사람이 사회에서 중요한 몫을 하는 것은 아닌데 말이다. 그 프로에 등장하는 인물 정도면 그래도 자기 분야에서 최선을 다하고 인정받는 사람들인데 초등학교 시절 성적이 뭐 그리 중요해서 숨기는 것일까 하는 생각이 들었다. 오히려 많은 'All 가'들에게 희망을 줄 수도 있는데 말이다.

여기서 우리는 사고의 틀에 대해 생각하지 않을 수 없었다. 20~30점은 낙오자의 점수이고, 60점 이상은 되어야 보통이며 80점을 넘어도 그저 그렇다. 90~100점이 되어야 '좋다'라는 인식은 과거에 급제해 벼슬길에 올라야만 사람 노릇을 하는 것으로 치던 조선시대 문화의 잔재가 아닐까? 단편적으로 말하면 상당히 부정적이라는 생각이 든다.
1등만이 인정받는 사회, 그것이 일등을 제외한 나머지 다수를 '나는 그저 그런 인간이야, 나 같은 사람이 뭘 할 수 있겠어'라는 부정적인 사고에 빠지게 만든 것은 아닐까?
하지만 나는 이런 사람들에게 누구나 우리의 출발점은 당당한 1등이었다고 말해주고 싶다. 무슨 소리인가 고개를 갸웃할 것이다. 우리는 수억 개의 정자 중 1등으로 골인해 살아남은 위대한 인물이기 때문이다.
현재의 나를 있게 한 수정란, 그 수정란의 반쪽은 다름 아닌 수억 만

개의 단 하나, 바로 1등을 했던 정자이다. 물론 난자도 가장 우수한 것이다. 나라는 사람의 시작이 최고의 난자와 1등인 정자의 결합이었는데 세상에 나와서 성적이 좀 뒤쳐진다고, 능력을 운운하며 한탄할 수 있겠는가?

우리는 분명 1등으로 시작했다. 시작이 그랬으면 할 수 있는 가능성은 100%다. 우리는 이 가능성을 스스로 무시하고 있는 것이다. 수,우,미,양,가에 기죽지 말자. 그리고 다시 한번 그 글자의 의미를 생각해보자. '빼어날 수, 우수할 우, 아름다울 미, 착할 양, 아름다울 가' 단 한 개도 모자란다는 의미는 없다. 빼어난 것도 아름다운 것도 모두 '1등'이 아니고 무엇이겠는가?

엄마, 내 태몽은 뭐야?

"신은 어딘가 하늘 아래
그대만이 할 수 있는 일을 마련해 놓았다."
– 호러스 부쉬엘 –

우리나라의 위인들은 확실한 태몽 하나씩은 갖고 있다. 위인에 얽힌 몇 가지 태몽을 살펴보자.

고대 금관가야의 시조 김 수로왕의 12대 손인 김서현이 충북 진천에서 태수로 있던 때의 일이다. 그는 꿈에서 보석처럼 아름답게 빛나는 별들을 바라보고 있었다. 그때 갑자기 토성(진성)이 점점 커지더니 순식간에 집채만큼 커져서 그의 가슴으로 떨어졌다. 기이하게 생각하는데 며칠 후 또 꿈을 꾸게 되었다. 이번에는 화성(형옥성)이 가슴으로 떨어지는 꿈이었다. 두 번이나 특별한 꿈을 꾼 장군이 신라의 왕가였던 부인에게 꿈이 야기를 전하자 부인은 자신의 꿈에 금빛 옷을 입은 아름다운 동자가 구름을 타고 하늘에서 내려와 집안으로 서슴없이 들어와 자신의 품에 안겨왔다고 했다. 동자의 옷이 너무나 반짝이고 눈이 부셔 바라보고 있다가 꿈에서 깨었다고 했다. 두 사람의 이러한 꿈을 꾼 후 아이를 잉태했는데 무려 20개월 만에 아이가 태어났고, 아이가 태어나던 날 학이 날아와 너울너울 춤을 추었다고 한다. 또한 태어난 아기의 등에는 일곱 개의 점이 북두칠성 모양을 하고 있었다. 이 아이가 바로 삼국통일의 명장이 된 김유신이다.

동지 11명과 왼쪽 약지를 끊어, 조국의 독립을 이룩할 것을 맹세하던 안중근 열사의 아버지 안태훈 진사와 그 아내의 꿈 또한 예사롭지 않다. 진사의 꿈에 집채 만한 범이 안방에 앉아 있어 조심스럽게 문을 열었더니 자신을 향해 넙죽 절을 하고는 슬그머니 밖으로 나가 산으로 올라갔다고 한다. 이상히 여겨 부인에게 말했더니 아내는 어젯밤 꿈에 북두칠성이 마당으로 떨어졌는데 그 중에서 큰 별 하나가 앞치마에 떨어져 번쩍번쩍 빛을 내고 있었다고 했다. 그래서 안중근 열사의 이름을 '응칠'이라 부르기도 했다고 한다. 신라의 명승 원효 대사를 낳은 설부인의 꿈에도 하늘에서 별 하나가 쏜살같이 내려와 자신의 품으로 뛰어들었다고 한다.

이외에도 『열하일기』를 쓴 연암 박지원, 한글학의 아버지 주시경 선생(꿈에 산신령으로부터 연적과 흰꿩 세 마리를 선물 받음)등 수많은 위인들의 태몽은 한결같이 근사하다. 그에 비하면 미국이나 유럽의 위인들은 부유한 집안의 특별한 탄생이라기보다는 평범한 집안 아니면 가난한 집안에서 고통을 이겨내고 꿈을 이루어낸 사람들의 이야기가 많다. 링컨, 헬렌 켈러, 휘트먼, 에디슨, 마틴 루터 킹, 라이트 형제, 마리안 엔더슨, 루즈 벨트 등 수없이 많다.

책을 통해 위인들의 태몽 이야기를 접한 아이들은 자신의 태몽은 무엇일까 궁금해 한다. 책을 보다 말고 쪼르르 달려와 묻는다.

"엄마, 나 낳을 때 무슨 꿈꿨어?"

그러면 무심한 엄마는

"꿈은 무슨 꿈. 들어가서 공부나 해!"

엄마의 기세에 놀란 아이는 실망하며 돌아선다.

'나도 위인처럼 훌륭한 사람이 되고 싶은데 태몽이 없구나. 그럼 처음부터 훌륭한 소명을 받지 못하고 태어났구나.'

엄마의 한마디가 위인을 만들 기회를 날려보내는 것이다.

어찌 생각하면 태몽은 허황된 이야기일 수도 있다. 그러나 좋은 꿈을 꾼 엄마나, 태몽이 훌륭하다는 말을 듣고 자란 아이나 자신은 특별한 사람이고, 반드시 훌륭한 사람이 될 것이라는 확신이 신념을 만들어 훌륭한 인물이 되도록 하는 것은 아닐까?

세뇌 효과는 대단한 것이다. 정신과에서 노이로제에 걸린 사람에게 밀가루 약을 주고, 이 약만 먹으면 다 나을 수 있다고 말하면 밀가루를 먹은 환자는 놀랍게도 몸이 좋아졌다고 의사에게 말한다. 이것이 플라시보 효과다.

태몽도 이러한 플라시보 효과를 지니고 있는 것이다. '하늘이 인정해준 사람이 이 정도의 어려운 일에 좌절하면 안 되지. 그래, 나는 신이 도와주고 있다.'고 생각하면 자신과의 싸움을 이겨내는 힘이 된다. 이것은 강력한 힘이다. 자신을 이기는 사람이 그 누구를 이긴 사람보다 강한 사람이 아니겠는가?

아이를 훌륭한 인물로 키우고 싶다면 멋진 태몽을 만들어주라. 어머니가 태몽을 간직하고 있지 않다면 스스로 태몽을 만들어 보라. 등에 북두칠성이 없다면 스스로 가슴에 북두칠성을 새겨보자. 그 태몽이 자신을 강한 사람으로 이끌어 줄 것이다.

엄마가 바뀐 아이

🌳

"현명한 사람은 기회를 찾지 않고
기회를 창조한다."
– 프란시스 베이컨 –

요즘에는 초등학교나 유치원을 가도 여자 아이보다 남자 아이의 숫자가 훨씬 많아 남자끼리 짝이 되는 경우가 잦다. 아이들이 자라 결혼 적령기가 되면 어떻게 될지 걱정이 아닐 수 없다.

딸을 둘 가진 나로서는 벌써부터 어깨를 쭉 펴고, 아들 가진 부모들을 불쌍히 쳐다보지만 내가 태어난 시절만 해도 딸을 낳았다고 하면 '이 아이를 언제 키워놓고 또 낳을까' 하는 생각을 제일 먼저 했다고 한다. 아들을 낳기 위해 다시 임신을 해야 하기 때문이다.

그러다 보니 여자 아이들은 '내가 남자였다면' 하는 생각을 하게 된다. 나 역시 그런 생각을 했었고, 부모님들도 늘 그런 말씀을 하셨다.

'어휴, 저것이 아들이 되었어야 하는데……'

'너희 4 남매 중에는 분명 똑똑한 아이가 하나 나올 것이다. 너희 윗대 조상을 봐라. 이조 참판을 지낸 증조할아버지……'

부모님은 이름도 잘 모르는 벼슬을 읊으시며 자랑을 하셨다. 벼슬이 대단한 자랑거리인지 아닌지 모르는 우리 4 남매를 앉혀 놓고 이런 말씀을 하시는 것을 좋아 하셨다.

그때마다 벼슬의 이름이나 몇 대조 할아버지의 까마득한 이야기는 귀에 들어오지 않았지만 내 가슴에 와 박히는 말은 '4 남매 중에 분명히 똑똑한 아이가 하나 있을 거라는 소리' 였다. 뭔가 스스로 만족할 일을 했거나, '그래, 이 정도면 나도 쓸만해' 하는 생각이 들면 엄마가 말하는 그 똑똑한 사람이 바로 내가 아닐까 하고 생각하는 버릇이 생겼다. 어려운 일을 당하거나 좌절할 때면 나는 부모님의 말씀을 떠올렸다.

'그래 난 똑똑한 아이인데 이 정도에 넘어져서는 안 되지. 이렇게 힘든 상황이라도 난 똑똑한 사람이니까 잘 해낼 수 있을 거야' 하면서 스스로를 채찍질했다. 어머니가 그 똑똑한 아이가 나라고 말씀해주신 적은 한번도 없었으니 이것은 순전히 내 생각이고, 그런 집안이니 똑똑한 아이가 나올 거라는 어머니의 논리도 지금 생각하면 억지스럽지만 나에게는 큰 힘이었다.

사실 나는 아버지가 서른을 넘어 본 첫 아이였다. 옛 어른이 서른까지 자식이 없었으니 걱정이 많으셨을 것이다. 그런데 어렵게 얻은 첫 자식이 대를 이을 남자가 아니고 딸이었으니 실망이 크셨으리라. 그러나 너무나 딸을 귀히 여기셨던 아버지는 아이를 낳기가 무섭게 당사주(평생 사주)를 뽑으러 가셨단다. 그 때 사주를 짚어보던 사주쟁이가 혀를 차며 한 얘기가 더 기가 막혔다.

'중요한 곳(어망)이 바뀌어 아들이 될 아이가 딸이 되었습니다.'

현대 의학으로 보면 말도 안 되는 소리이다. 늦게 얻은 자식이 원하던 아들이 아니라는 사실에 속으로 낙담했을 아버지를 위안하는 소리였겠지만, 사주쟁이의 속 깊은 배려가 아버지에게 큰 힘이 된 것도 사실이다. 아버지는 평생 이 말을 믿고 사셨고, 나 역시 그 믿음을 저버리지 않기 위해 열심히 살았다. 그리고 지금도 그 말이 씨가 되어 나에게 영향을 미치고 있다.

희망을 이야기 합시다

"힘은 희망을 가진 사람에게 주어지고
용기는 가슴 속의 의자에서 일어나는 것이다."
- 펄 벅 -

더위가 기승을 부리던 어느 해 8월이었다. 500명의 개인택시 사업주들이 나를 기다리고 있었다. 무슨 이야기로 그들의 가슴을 열까 고민하던 내게 소재를 던져준 이는 다름 아닌 일반택시를 운전하시는 50대 후반의 아저씨였다.

그는 지난 IMF 때 32억 원을 날린 사장님이셨다. 한때 승승장구하던 그는 부도로 졸지에 지하셋방에 기거하는 신세로 전락했다. 자살을 기도하는 등 몸부림을 쳐봤으나 병만 불러왔고 죽는 것마저 뜻대로 되지 않았다. 그래서 시작한 것이 택시운전이었다. 행복한 얼굴의 그는 택시를 운전할 수 있는 지금의 삶에 큰 의미를 부여했다. 다시 살리라. 굳은 다짐을 하는 그에게서 나는 새로운 삶의 의지를 확인할 수 있었다. 그는 언젠가 개인택시를 하나 마련해 아내와 단란한 노후를 보내겠다는 소박한 꿈을 가지고 있었다. 새로운 꿈을 가진 그는 분명 행복한 사람이었다.

그날 강연에서 나는 개인택시 사업주들에게 '당신들은 꿈이 없는 사람들입니다' 라고 다소 비아냥거리는 말로 강의를 시작했다. 모두 의아해하는 눈빛으로 나를 쳐다봤다. 그도 그럴 것이 '희망을 이야기 합시다' 라는 주제의 강연에서 돌연 '당신들은 희망이 깜깜 절벽' 이라 했으니 말이다. 그러나 내가 그들에게 감히 그렇게 말한 데는 나름의 이유가 있었다. 과거에 그들은 어떻게 해서라도 개인택시 하나만 가졌으면 소원이 없겠다던 사람들이었다. 그러나 그 희망이 성취되자 현실에 안주하며 살고 있는 것이다.

종합병원에서 대걸레를 밀고 다니는 청소부의 희망은 일용직이 아닌 정식 직원이 되는 길일 것이다. 그런가 하면 간호사는 의사가 되고 싶고, 의사는 병원장이 되고 싶은 법이다. 이처럼 끝없는 욕망이 우리를 성장하게 한다. 욕구의 현재화다. 그저 그런 소극적 욕망이 아닌 불타오르는 적극적 욕망으로 자신을 채찍질할 때 인간은 자신이 이루고자 하는 방향으로 나아가게 되는 법이다.

인간은 자신이 가진 것에서 느끼는 행복과 더불어 더 나아 갈 수 있는 희망이 있을 때 행복할 수 있다. 내일은 오늘보다는 더 나아질 것이라는 기대가 있기에 우리는 오늘을 살아간다. 오늘보다 좀더 나은 삶을 살기 위해 인간은 갖가지 어려움을 행복으로 승화시키고 있는 것이다. 비전과 희망이 있을 때 우리는 성공이란 황금 손을 거머쥐게 된다.

너무나 빨리 목표에 다가간 사람은 더 이상 올라야 할 산을 스스로 차단해 버린다. 그러나 좀더 나은 내일을 위해 희망을 이야기하자.

2030년 무렵에는 노인 인구가 1천만 명이 넘을 것으로 추산되며 평균 수명이 80세 가까이 된다고 한다. 노인사회가 열리는 것이다. 인생 100세를 바라볼 날도 얼마 남지 않았다. 보다 나은 삶을 위해 내가 할 수 있는 일, 내가 해야 할 일을 찾아 행복한 오늘과 내일을 위한 플랜을 만들자.

당신은 무엇을 위해 사는가?

"맑고 밝은 마음으로 인정 베풀 때 모든 사람들에게서 사랑을 받네
행복하고 즐겁고 쾌활한 기분 언제나 내 가슴에 담아 두리라.

활기 있는 얼굴로 서로 만날 때 우리 모두 한 가족 기쁨 넘치네
이렇게 행복한 기분은 처음 언제나 내 가슴에 담아 두리라.

인간 평등 사랑 평화 꿈꾸던 소망 백년 지나 한 세월이 지난다 해도
링컨이어 루터목사 이룬 꿈 되어 인류평화 앞장서는 터전이 됐네.

꿈을 꾸고 나누어 준 링컨에 이어 꿈을 실현 하고 싶던 루터 킹 목사
백년 세월 지나가도 진리는 하나 언제나 내 가슴에 꿈을 심으리."
– 곡명 〈워싱턴 광장〉 –

명작 『잠 못 이루는 밤을 위하여』를 남긴 스위스의 사상가 칼 힐
티는 '인간 생애 최고의 날은 자기 인생의 사명을 자각하는 날
이다' 라고 했다.

또한 아프리카 탐험의 대업을 성취한 리빙스톤은 '사명을 가진 자는
그것을 실현할 때까지 결코 죽지 않는다' 고 했다. 이처럼 사명을 가진
사람은 집념이 있고, 열의가 있으며, 반드시 이루겠다는 굳은 신념이
있다.

1963년 8월 '워싱턴 대행진'에서 행한 마틴 루터 킹의 '나에게는 꿈이 있네(I have a dream)'는 흑인뿐만 아니라 전 세계 인류의 가슴에 메아리쳤다. 그리고 이 연설은 2000년 미국에서 그 꿈을 실현시켰다. 비록 링컨이 법안을 개정했지만 여전히 미국 내에는 인종 차별이 심했다. 킹 목사는 그것으로 인한 불협화음을 종식하고자 애썼고, 그 꿈을 실현하고자 노력했다. 흑인과 백인의 아이들이 함께 손에 손을 잡고 미시시피 강에서 알라바마 주까지 함께 감옥에 가고 함께 자유를 누리는 인간 평등을 이야기했다.

　　대학원 4학기 여름에 시카고 노던 일리노이대학의 사회교육과와 시카고 지역 사회교육기관을 방문한 적이 있었다. 그 당시 미국 사회교육의 아버지라는 커닝햄(Phyllis Cunningham) 교수댁 뒤뜰에서 우리는 흑백을 초월한 즐거운 한 때를 보냈다.

　　8명의 아이를 키우고 있다는 흑인 교수는 시카고 지역 저소득층들을 위한 사회교육프로그램에 종사하고 있었으며, 백인인 커닝햄 교수와 함께 미국 사회교육계의 주요한 위치를 점하고 있었다. 1830년경 링컨의 나이 19세때 '저놈의 제도를 언젠가는 내 손으로 때려 부수리라'는 링컨의 노예해방에 대한 사명의 자각이 150여년이 지난 오늘에 와서 다른 사람에 의해 완전하게 실현된 것이다.

　　자신이 해야 할 사명에 눈뜨는 것처럼 위대한 일은 없다. 사명의 자각은 나를 위한 삶이 아닌 누군가를 위한 삶이자 자아실현의 삶이다. 아테네의 노예로서 직분을 다하겠다는 사명의 자각이 소크라테스를 위대한 철인으로 만들었고, 이스라엘 동포를 죄악과 슬픔에서 구하겠다는 사명의 자각이 예수를 인류의 메시아가 되게 하였다. 민족의 해방을 꿈꾸던 김구는 '해방된 조국에서 문지기가 되기를 희망' 했고, 100리 길을 가려는 사명을 자각했다.

사명감 그것은 위대한 힘의 원천이다. 놀라운 대업의 비결이고, 강력한 인생의 창조적 계기다. 평범하고 지루하게 살아 가는 사람을 새로운 사람으로 거듭나게 하는 인간혁명의 결정적 요소다. 당신은 무엇을 위해서 사는가? 자신의 사명은 무엇인가? 이것을 알게 될 때 살아가는 방법과 태도가 변화될 수 있다. 이것이 당신을 성실한 사람으로 숨어 있는 능력을 찾아낼 수 있는가 없는가를 결정한다. 사명의 자각이 당신을 움직이게 만들고, 위대한 사람을 만든다.

많은 직장에서 친절교육을 의뢰해 온다. 생각해 보라. 사명의식을 자각한 사람은 '친절하라' 는 교육을 받지 않아도 내면에서 친절이 배어나온다. 허리를 굽혀 인사하는 백화점 점원에게서 진정한 사랑을 느낄 수 있는가? 몸과 입으로만 인사하는 음식점 점원에게서 친절을 느낄 수 있었던가? 친절은 가슴에서 우러나오는 것이어야 한다. 가슴에서 우러나오는 인사와 말은 비록 어눌한 몸짓일지라도 상대를 행복하게 해줄 수 있다. 먼저, 가슴으로 웃을 수 있는 사명의 자각이 우리를 새 사람으로 만들어 줄 것이다.

이제 자신이 해야 할 일을 두 눈으로 보아야 한다. 10리를 가고 말 것인지. 더 멀리 100리를 갈 것인지를 스스로 결정해야 한다. 그것을 정했으면 신발끈을 확실히 매고 첫발을 내딛어보자. 마음을 단단히 동여매고 다른 이가 가지 못한 길을 찾아 힘차게 걸어가자.

썩은 사과 하나

"고통이 크면 클수록 그 고통을 이겨낸 명예는 더욱 크다."
- 몰리에르 -

사람은 많은 것을 두 개씩 갖고 있다. 신체를 보면 눈, 귀, 코(콧구멍이 두 개), 입(입술이 두 개), 팔, 다리 등 자세히 살펴보면 대칭을 이루는 두 개를 갖고 있는 것이 많다. 정신을 보아도 감성과 이성이라는 세계를 갖고 있고, 천사와 같은 선한 마음이 있는가 하면 악마적인 본성 역시 부정할 수 없는 우리의 마음이다.

그렇다면 '나' 라는 사람은 누구인가? 내가 바라고 원하는 것은 무엇인가? 자신의 모습을 확실히 볼 수 없는가, 있는가는 앞으로 내가 살아가는데 중요한 나침반이 될 수 있다. 내 속에는 두 개의 자아가 있다. 언제나 성공을 꿈꾸고 그것을 향하여 나아가고자 하는 마음이 있는가하면, '나 같은 사람이 뭘', '내가 하는 일이 늘 그렇지' 하면서 뒤로 도망가는 소극적인 생각이 그림자처럼 쫓아다닌다. 언제나 미리 불안해 하고 부정하며 안될 것이라고 단정 짓는 패배의식의 자아가 있다. 이름을 붙이자면 적극적이고 긍정적인 자아와 부정적이고 소극적인 자아라고 할 수 있다. 나의 마음속에 있는 두 가지 자아 중 어떤 것이 지금 당신의 주인공인가?

가족이나 사회, 국가를 위한 사명의식을 자각한 사람은 결코 부정적이거나 소극적이지 않다. 그들은 긍정적이며 적극적이다. 적극적이고 긍정적인 생각이 주인이라면 당신은 성공을 향해 한발 앞으로 다가가는 것이다. 그러나 그 주인이 부정적이고 소극적인 자아라면 성공과 멀어지고 실패와 패배 쪽에 더 가까워지는 것이다. 세상에 실패하고 불행해지고 싶은 사람이 어디에 있겠는가? 아무도 없을 것이다. 부정적이고 소극적인 생각을 갖고 있는 사람이라 해도 분명 마음 한 구석에는 성공에 대한 열망이 있을 것이다.

성공자가 되고, 안 되고는 자기 마음의 주인이 누구인가에 따라 결정되는 것이다. 당신 마음에 있는 두 가지 그릇, 그 그릇의 어느 쪽에 더 많은 물을 부을 것인가에 따라서 당신의 인생이 달라진다. 그렇다면 적극적이고 긍정적인 그릇에 어떤 물을 부어야 하는가?

첫째, 내가 진실로 원하는 것이 무엇인가를 정하라.
둘째, 그것을 얻었을 때를 상상하는 훈련을 한다.
셋째, 긍정적인 사고와 성공에 대한 신념을 철학과 종교로 삼는다.
넷째, 그것을 얻기 위한 수단과 방법을 찾아서 움직여라. 행동하지 않는 신념은 생명력이 없다.
다섯째, 위의 네 가지를 미련하게 반복하는 것이다.

상자 속에 좋은 사과가 가득 들어 있다. 그런데 상자 안에는 썩은 사과 한 개가 섞여 있다. 상자 안에서 얼마 동안은 좋은 사과의 향기가 지속되었고, 사과들도 멀쩡했다. 그러나 시간이 지나면서 썩은 사과는 완전히 썩어들어 갔고, 옆에 있던 사과에 썩은 물을 들이기 시작했다. 썩은 사과의 주변이 썩어갔다. 그리고 다시 썩은 사과의 주변이 썩어갔다. 상자 안의 사과는 기하급수적으로 썩어갔고, 나중에는 상자 안의 모든 사과가 악취를 풍기며 썩고 말았다.

자신을 불행하게 만드는 생각도 이런 것이다. 하나의 부정적인 생각, 소극적인 행동이 자신을 주저앉게 만들고, 부정적인 인간을 만든다. 자신만 그렇게 되고 끝나면 괜찮다. 그러나 자신을 좋아하고 관계를 맺고 있는 사람들에게까지 썩은 사과처럼 악취를 전달하고 부정적인 사고를 전해주어 그들도 부정적인 생각을 갖게 하는 것이다. 긍정적이고 적극적인 행위는 반복을 통해 스스로를 변하게 하고, 주변에도 밝은 모습을 전할 수 있다. 적극적인 행동은 한 번에 세상을 쓸어버리는 폭풍이 아니다. 어깨가 젖는지도 모르게 내리는 이슬비와 같다. 조금씩 내려도 쉼 없이 내리면 모든 생명을 살리는 단비가 된다.

크게 사고를 바꾸려고 하지 말라. 자신의 마음에 조용히 그리고 끊임없이 긍정의 이슬비를 내려 마음에 숨어있는 긍정적인 자아에게 생명을 불러일으키자.

투자할 수 있는 회사, '나' 만들기

줄탁동시(啐啄同時), 스무 하루의 기적

"사람은 성공하든지 실패하든지 간에 어느 편에서나 모두 정신을 쓰고 있다.
어떤 사람은 성공자가 되기 위하여 정신을 쓰고
또 어떤 사람은 실패자가 되려고 정신을 쓴다.
그 차이는 누구나 마술적인 자신의 마음의 힘에서 생겨나는 것이다."
- 단.가스터 -

입춘이 지난 지도 까마득하고 경칩을 보낸 지도 한 닷새 되었건
만 서울 이북은 아직도 꽃 소식을 듣기 어렵다. 그러나 어렵다
고 봄을 우습게 보지 말자. 이파리 모양새가 노루귀처럼 생긴 노루귀
는 그 연약한 몸으로 언 땅을 헤치고 언 땅 위에 쌓인 눈마저도 밀어내
꽃을 피우니 이를 대견히 여겨 사람들은 파설초(破雪草)라 부르며 어여
뻐 한다. 자칫, 아니 온다 우습게 생각했을지도 모를 봄은 파설초의 꽃
잎에 업혀 그렇게 찾아온다. 틀림없이……

스무 하루를 희망과 생명의 품안에서 따습게 목숨을 키워온 알 속의
병아리가 드디어 그 생명 싸개의 껍질을 연약한 부리로 톡톡 쪼아대
면, 새 생명의 출현을 알아차린 어미가 동시에 생명 싸개의 바깥을 부
리로 탁탁 쪼아 알의 껍질을 갈라놓는다. 그리하면 눈부신 희망의 생
명체가 바야흐로 출세를 하게 된다. 이것이 '줄탁동시' 이다.

쥐똥나무가 설핏설핏 웃음을 띠면서 두드러기 같은 좁쌀모양 꽃봉오리를 밀어내는 건 신실한 봄기운이 때를 맞춰 나무의 살갗을 어루만져 주기 때문이다. 줄탁은 천연계의 법칙에도 성실하다. 개나리가 노란 주둥이를 내밀고, 계주하는 빙상 선수처럼 참꽃에 등을 떠밀린 철쭉이 만산에 봄을 붉게 채색하는 것도 줄탁의 조화다.

안으로는 희망이 성숙하고 밖으로는 기회가 애인처럼 다가와 성공을 도모한다. 겨우내 죽은 듯 하던 마르고 가난한 가지가 희망을 포기하지 않더니 아, 줄탁동시! 결국은 잎을 내고 꽃을 피운다. 성공은 모든 희망하는 것들이 실수 없이 받아내는 상장이다. 병아리의 출현을 기다리는 어미는 졸지도 않고 한눈을 팔지도 않는다. 이윽고 꿈틀거림이 있고 미약한 부리짓이 시작되면 아이에게 젖 물릴 때를 귀신 같이 아는 어미처럼 착오 없이 줄탁이 시작된다.

다른 이에게는 잘도 찾아오는 봄이 나에게는 시절을 인식하지 못하고 비껴가는 듯 느껴질 때가 있다. 그래서 아프고 괴롭다. 그러나 봄은 제 타고난 성질대로 언제나 그때가 되면 온다. 반드시 온다. 희망을 품지 못하고 그대로 말라버린 가지는 화려한 줄탁의 향연에 초대 받지 못하고 세상 밖으로 몸을 빼지 못한다. 희망을 품고 희망을 키우는 것은 곧 기회를 만나 성공을 이루는 절차다. 아무리 절망적인 환경이라도 희망의 문이 모조리 닫힌 적은 한번도 없다.

우유통에 빠진 세 마리의 쥐 중에 반드시 살아갈 방법이 있을 거라며 희망을 포기하지 않는 쥐는 코를 밖으로 내밀고 숨을 쉬며 우유통 안을 헤엄친다. 그러나 우유통 속의 절망적인 상황을 알아차린 다른 두 마리는 허튼짓을 하지 않기로 영리한 결정을 내리고 절망에 침몰한다. 그러나, 헤엄을 치기로 마음먹은 쥐에게 희망의 문은 어디에도 열려 있지 않은 듯하다. 점점 힘은 빠지고, 고독과 두려움이 엄습한다. 희망의 끈을 놓아 버릴까도 생각한다. 운명을 받아들인 다른 두 마리가 참으로 현명했다는 생각이 든다. 희망과 절망 사이를 수없이 오간다. 어쩌다가 우유통에 빠졌을까 싶은 생각에 분노가 치밀어 오른다. 희망을 계속 품기에는 너무나 절망적인 상황이다. 그러나…….

　이 책의 첫 장에서 시작된 희망의 메시지를 기억하리라. 희망의 공과를 어릴 때부터 배워 왔고, 삶을 살아오며 포기하지 않고 끝까지 희망을 붙잡으면 반드시 길이 있다는 걸 체험해 오지 않았던가?
　헤엄치는 속도도 현저히 떨어지고 숨을 쉬기 위해 코를 밖으로 내미는 것도 힘에 부칠 무렵 이상하게 발밑이 뻑뻑해진다. 아무도 찾아 올 리 없는 절망의 장소, 여기는 우유통 안이 아니던가? 도대체 무슨 일이 일어나고 있는 것일까? 그렇다. 줄탁동시.
　줄탁은 우유통 안에도 기적처럼 찾아온다. 희망을 찾아 쉴 새 없이 우유통 안을 헤엄쳐 우유를 휘저었더니 발아래가 버터가 되었다. 이제 우유통 안은 더 이상 절망의 장소가 아니다. 안전하고 영양가 많은 버터가 가득한 희망과 기회의 장소가 되었다. 절망적인 상황 속에서도 희망의 발짓이 연속적으로 행해졌을 때 밖에서 이를 지켜보던 기회가 가장 알맞은 시각에 그 신뢰할만한 부리로 탁탁 함께 쪼아 버터를 만들었다. 희망을 꺾을 수 있는 것은 아무것도 없다. 희망을 배반할 만큼 지독한 것은 아직 그 이름을 들어보지 못했다. 희망의 저 끝에는 언제나 믿음직한 기적의 향연, 줄탁동시가 기다린다. 희망을 포기하지만 않는다면 말이다.

우리를 둘러싸고 있는 환경이 우리를 두꺼운 껍질 속으로 숨게 만드는 것은 사실이다. 껍질 밖 세상은 우유통 안처럼 절망적인 상황으로 보인다. 희망이 아예 없었던 것처럼 생각되기도 한다. 그렇다고 껍질 속에서 헛수고 하지 않기로 영리한 결정을 내리고 운명에 몸을 맡길 것인가? 도저히 내 연약한 부리로는 저 두꺼운 껍질을 깨뜨릴 수 없다고 미리 포기해 버릴 것인가? 도대체 희망은 어디에 있단 말인가?

자, 봄기운이 대지를 뒤덮는다. 코를 밖으로 내밀고 헤엄을 치자. 버터 냄새가 어디선가 솔솔 풍겨온다. 비록 연약하지만 성공의 꿈을 안고 안에서부터 톡톡 부리 짓을 시작하자. 밖에는 저 신뢰할 만한 강한 부리가 때를 엿보며 줄탁을 위해 졸지도, 한눈 팔지도 않고 때를 기다리고 있다.

밥 몇 끼 더 먹으면 생강나무가 꽃망울을 터뜨릴 것이다. 산수유 나무가 자지러지게 웃을 것이다. 천지가 자기 껍질을 깨고 나온 것들로 가득해 지면서 출세의 대향연이 펼쳐질 것이다. 우리도 껍질을 깨고 밖으로 나가자. 성공하자. 희망이 그 일을 한다. 줄탁은 희망의 애인이다.

할 수 있다고 생각하면 할 수 있다. 나를 믿자. 내 생각을 믿자. 할 수 있음을 믿고, 될 수 있음을 믿고 성공할 수 있음을 믿자. 인생은 문제의 연속이다. 해답 없는 문제는 없다. 내면의 몸부림이 솟구칠 때 성공은 당신을 향해 부리를 쪼아 주리라.

C.M 브리스톨(Clade M. Bristol)은 '신념은 마술이다(The Magic of Conviction)'에서 반복 암시를 통한 의식의 개혁을 주장했다.

단단한 껍질을 쪼아대는 몸부림은 21일의 반복으로 새 생명으로 탄생한다. 자, 이제 스무 하루의 기적을 믿고 나를 위한 투자를 시작하자.

상상력의 천재

"실패란 성공이라는 징조를 알려주는 나침반이다."
- 네니스 윌트리 -

부흘러(buhler)는 '만약 청년 시기에 자기 목표가 설정되지 못하면 바람이 불면 부는 대로 비가 오면 오는 대로 피동적인 삶을 살 수 밖에 없게 된다.'고 했다. 집을 지을 때 기초 공사가 중요하듯이 생애에 있어서 전반기는 후반기 인생을 위한 기초 공사와도 같은 것이다. 지금이라도 내일을 위한 투자의 발길을 옮기자. 황금의 노후를 맞이하기 위해 황혼을 위한 투자를 하자.

인생의 후기에는 살아 온 삶을 음미하며 인생의 보람과 의의를 느끼게 되는 통정성과 후회와 회한의 절망감으로 살아가게 된다. 절망적이지 않는 황금빛 노후를 기대한다면 지금 황금의 노후를 상상하는 아름다운 생애설계가 필요하다. 레오나르드 다빈치의 상상력은 오늘날 인공위성을 만들었으며, 네안데르탈인의 동굴벽화는 인류의 미래를 제시했다.

당신의 상상력으로 황금빛 노후를 상상하고 설계하도록 하자. 왜냐하면 지금 나의 상상력이 나의 미래이기 때문이다. 지금의 내 생각이 10년, 20년 후의 내 모습이요. 30~40년 후의 삶이 되는 것이다. 지금 당신은 어떤 생각을 갖고 있는가? 지금 당신은 어떤 상상력으로 자신의 미래를 예견하고 있는가?

저 멀리 시드니에서 브리즈번으로 다시 멜번을 지나 포트캠벨을 향하는 그레이트 오션 로드를 밤마다 상상했던 나는 결국 호주 여행의 꿈을 이루었다. 몸은 비록 다시 이곳에 있지만 나는 또 다시 핀란드의 조그만 시골 마을을 산책하고, 마추피추의 거대한 산행을 상상한다. 신선이 즐기던 장가계의 산야를 휘감아 돌아 필봉을 꽂은 듯 예리한 바위들의 향연 속에 몸을 숨겨본다. 이것은 조만간에 이루어질 나의 여행 루트가 되리라.

당신이 가고 싶은 그곳을 상상하라. 그 상상력이 당신을 그곳에 인도할 것이다. 오늘 밤, 당장 상상의 날개를 펼쳐보자. 맥박은 빨라지고 동공은 확장되어 어쩌면 온 밤을 설칠 수도 있을 것이다. 그러나 그 상상이 당신으로 하여금 행동하게 만들고, 그 행동은 습관에서 운명으로 이어질 것이다.

가지 않은 길

"성공은 성공할 수 있다고 생각하는 사람에게만 오는 것이다."
– 나폴레옹. 힐 –

목표 없는 배가 어디로 가겠는가? 성공하겠다는 목표를 가지고 생각하고 말하고 행동하는 사람에게 성공은 찾아온다.

얼마 전, 후배에게 심부름을 시킨 일이 있다. 부탁을 들어준게 고마워서 책을 한 권 선물하겠다고 서점에 함께 들렀다. 내가 권하기 앞서 원하는 책을 찾아보라고 했더니 소설 코너 앞에서 서성거렸다.

'아, 저 놈이 저기에 관심이 있구나.'

그러나 나는 그 녀석을 강제로 끌다시피 성공학 코너로 데려 갔다. 소설이 나쁘다는 이야기가 아니라 녀석의 삶의 초점을 바꿔 주고 싶은 마음에서였다. 성공 철학에 관한 책을 후배에게 내밀었더니 그는 이렇게 말했다.

"선배님, 그런 재미없는 책은 왜 읽어요?"

그때 나는 '아, 사람마다 취향과 삶의 관점이 다르구나. 나는 내가 좋아하는 성공학 책을 다른 사람들도 좋아할 것이라고 생각했는데 책이란 자신이 먹고 싶은 음식과도 같은 것이구나. 그래, 취향에 따라 서로 다른 책을 읽게 되는 법이지.' 하고 생각했다. 하기야 나도 여고시절 한때 소설에 빠져서 끼니도 거르고 밤잠을 설친 적도 많았다. 어떤 책이든 다 필요한 음식들임에는 틀림없다. 그러나 대학을 졸업하고도 빈둥거리며 놀고 있는 후배에게 도움이 되고 싶은 마음에 권했던 책을 보지도 않고 무조건 재미없으리라 생각하며 거부하니 막막했다. 나는 안타까운 마음에 독후감을 써오라며 막무가내로 책을 사주었다. 녀석은 마지못해 책을 받으며 피식 웃었다.

사람들은 육식을 좋아하는 사람, 채식을 좋아하는 사람, 해물을 좋아하는 사람 등 평소 즐기는 음식에 따라 성격도 다르고, 신체 구성도 달라진다. 무엇을 먹느냐에 따라 체질이 결정되고, 건강에 영향을 주는 것처럼 어떤 책을 읽느냐에 따라 사람의 체질 즉, 사고의 체질이 결정되고 그 체질에 따라 삶이 결정된다.

대개 성공하는 사람들을 보면 그들의 사고가 성공으로 가득 차 있고, 성공을 소망하며 성공하기 위해 자신의 모든 정력을 다 쏟아 붓는다. 우리도 한번 성공만을 위해서 생각하고 성공만을 위한 책을 읽고 성공하는 생각을 가진 사람들을 만나 보자. 할 수 없다고 징징거리며 못살겠다고 짜증 부리는 부정적인 사고를 소유하고 말하는 사람은 아예 친구로도 두지 말자.

성공은 성공을 간절히 원하는 사람에게 반드시 찾아온다. 실패를 생각하지 않더라도 성공하기 위해 사고를 조절하지 않으면 사고는 삶의 바다에서 방향키 없는 배가 되어 항로를 이탈하게 된다. 목표 없는 배가 어디로 가겠는가? 성공하겠다는 목표를 가지고 생각하고 말하고 행동하는 사람에게 성공은 찾아오는 것이다. 인간은 끊임없이 사고하고, 끊임없이 행동한다. 습관으로 살고 습관으로 죽는다. 성공을 생각하는 습관을 가지면 반드시 그 어느 날 자신이 원하는 모습으로 변화될 수 있다. 지금 나는 무슨 생각을 가지고 있는가? 인생에서 최후의 승리자는 누구일까? 끊임없는 도전과 위기의 반복으로 우리는 살아간다.

미국의 교육철학자인 존 듀이는 '인생은 더 이상 오를 산이 없을 때 끝이 난다'고 했다. 삶은 끊임없이 오르는 산과 같은 것이다. 사회 발달단계 이론을 이야기한 심리학자 에릭슨(Erikson)은 심리, 사회발달 단계론에서 도전하는 삶인가, 위기 앞에 패배하는 삶인가에 따라 인생 후반기 자기 완성의 자아 통합감을 가질 수 있는가 아니면 절망감을 느끼는가를 결정한다고 했다.

지나온 인생에 대해 누구나 후회한다. 로버트 프로스트는 그의 시 〈가지 않은 길〉에서 이렇게 말한다.

훗날에 훗날에 나는 어디선가 한숨을 쉬며 이야기 할 것입니다.
숲 속에 두 갈래 길이 있었고 나는 한길을 선택하였으며
그 선택으로 내 인생의 모든 것이 달라졌다고.

어차피 인생은 회한을 남길 수밖에 없는 지도 모르겠다. 그러나 최선을 다해 노력해 온 의미 있는 삶이었다면 절망감보다는 자아통합감이

앞설 것이다. 반면에 자신의 삶을 그저 물 흐르는 대로 두었다면, 절망감에 몸부림치게 될 것이다. 인생은 일회전이 아니던가? 두 번 살 수만 있다면 이렇게도 저렇게도 살아 보겠지만 한 번밖에 없는 인생이기에 성공을 향한 도전의식으로 살아가자고 말하고 싶다.

성공할 것인가? 실패할 것인가? 그것은 내가 찾는 책 한 권에도 숨어 있다. 돈을 많이 벌고 싶으면 돈이 많이 움직이는 곳으로 가라. 그리고 성공을 하려면 성공에 대한 관심부터 가져야 한다.

당신의 손에 쥐어 쥔 한 권의 책에 당신의 미래가 달려 있다.

아름다움을 위한 투자

"사람의 얼굴은 하나의 풍경이며, 한 권의 책이다.
얼굴은 결코 거짓말을 하지 않는다."

– 발자크 –

이 세상에서 아름다워지기를 포기한 사람은 없을 것이다. 인간의 가장 아름다운 모습은 어떤 모습일까? 바로 나 다울 때, 가장 아름다운 것이다. 사람들은 좀더 예뻐 보이고 싶고, 멋져 보이고 싶어서 화장을 하고, 좋은 옷을 입고, 좋은 차, 좋은 집으로 치장을 한다. 그러나 아무리 외적으로 치장을 아름답게 해도 언행이 아름답지 못하고 표정이 밝지 못하며 대인관계에서 예의가 없는 사람이라면 결코 아름다운 이미지를 만들 수 없다. 웃지 않는 얼굴보다는 웃는 얼굴이 아름답다. 그러나 그 웃음 속에 나다운 진실이 들어있을 때 더욱 아름다운 미소가 만들어진다.

우리 속담에 '집에서 새는 바가지 밖에서도 샌다.' 는 말이 있다. 아무리 보기 좋게 화장을 하고, 멋진 옷을 입어도 내면의 세계는 가릴 수가 없다. 말이 그 사람의 마음을 표현하고, 그 사람의 눈이 마음의 거울로 표현되기 때문이다. 평소 화장이나 옷에 쓰는 신경의 절반만이라도 당신의 마음을 닦는데 쏟는다면, 당신의 운명은 긍정적으로 바뀔 것이다. 인간은 누구나 아름답기를 원한다. 그러나 이 세상에 똑같은 아름다움은 절대 존재하지 않는다. 즉 진정한 아름다움은 내가 나다움으로 가꿔지는 것이다.

아무리 비싼 옷을 몸에 걸쳐도 쌍거풀 수술을 하고, 코를 높여도 당신의 사고가 긍정적이지 못하면 결코 아름다워질 수 없는 것이다. 인간은 외적 아름다움과 내적 아름다움이 조화를 이룰 때 진정한 아름다움을 창조한다. 외적 아름다움을 만들기란 그리 어려운 것이 아니다. 그러나 내적 아름다움은 많은 시간을 필요로 하고, 많은 자기통제가 필요하다. 우리가 이미지 메이킹이라는 주제에 쉽게 접하는 것도 외적 아름다움에 국한된 생각이다. 이는 누구나 할 수 있는 것처럼 말하지만 진정한 이미지 메이킹의 개념은 더욱 차원 높은 학문과 노력이 필요함을 깨닫게 된다.

아름다움을 외면적 아름다움과 내면의 아름다움으로 나누어 볼 때 화술(話術)과 화술(化術)로 대별할 수 있다. 그러므로 化術(얼굴이나 몸의 화장, 헤어스타일, 복장, 신발 등 쉽게 변화가 가능한 것)과 話術(음성, 발음, 제스츄어:눈, 손, 얼굴, 몸짓)은 서로 조화를 이룰 수 있어야 아름다움으로 이미지화 될 수 있는 것이다. '말은 사고를 담는 그릇이다' 라고 했다. 즉, 話術은 그 사람의 내면을 있는 그대로 표현하게 되는 것으로 표정, 미소, 말씨, 맵시 등으로 규정지을 수 있다.

올바른 아름다움의 표현을 우리의 조상들은 예절이라 불렀으며, 외국에서는 매너(manner) 또는 에티켓(etiquette)으로 표현한다. 아름다움의 표현인 예절(manner 또는 etiquette)은 성공적인 삶과 행복한 삶을 만들어 가는 사람들의 옷이다. 당신이 아름다워지기를 원한다면 예절 바르게 행동해야 할 것이다. 왜냐하면, 아름다운 이미지는 예의에서 시작되는 것이기 때문이다. 사서오경 중의 하나인 『예기(禮記)』에서 "예(禮)는 용모와 행동을 바르게 하고 얼굴을 부드럽게 하고 말을 순하게 하는 데 있다."고 했다.

  에티켓(Etiquette)은 프랑스어로 베르사이유 궁전에 들어가는 사람에게 주어지는 티켓에 기원을 둔다는 설(궁전 내에서의 유의 사항이나 지켜야 할 예의범절이 수록되어 있음)과 프랑스어의 동사 '붙이다'(estiquier)를 어원으로 하는 설(베르사이유 궁전 화단에 "꽃밭을 해치지 마십시오"라는 입간판을 붙임)로서 마음의 꽃밭을 해치지 말라는 암묵적 지시라 할 수 있다.
  매너(manner)란 manuarius라는 라틴어에 그 어원을 두고 있다. manuarius란 manus와 arius의 복합어로 manus란 영어의 hand라는 뜻으로 손이라는 의미보다는 사람의 행동이나 습관 등의 뜻을 내포하고 있으며, arius는 영어로 more at manual, more by the manual의 뜻으로 방식, 방법의 의미를 나타낸다. 그러므로 manner란 사람마다 갖고 있는 독특한 습관, 몸가짐으로 해석할 수 있다.

  이와 같이 예절은 자신이 가진 독특한 습관이나 몸가짐으로 상대방에게 폐를 끼치지 않는 바른 용모와 부드러운 얼굴과 말씨라고 할 수 있다. 따라서 예절을 갖춘 사람이란 긍정적인 사고와 적극적인 행동으로 자신만의 독특한 색깔을 나타내되 남에게 폐를 끼치지 않는 사람으로 규정할 수 있으며, 이는 행복하고 성공적인 삶을 살아가는 사람의 근본 요소인 것이다. 그러므로 이미지 만들기에 있어 예절은 반드시 갈고 닦아야 할 외적, 내적 아름다움의 조화라고 할 수 있다.

성공은 행복과 나란히

"인생에서 오르고자 하는 산이 없을 때 삶은 끝이 난다."
- 본문 중에서 -

성공한 사람들을 드라마화한 것을 보면 그들에게는 공통된 특징이 있다. 적극적이고 긍정적인 사고를 가지고 행동한 사람들이라는 것이다. 그들은 성공할 수 있음을 믿고 자신의 소망을 불태웠다. 우리 주변에서 흔히 성공한 사람이라고 일컫는 경우는 사회적으로 명성이 높아지거나 돈을 많이 버는 경우를 뜻한다.

그런데 그렇게 성공한 사람들이 모두 행복할까?

성공과 행복이란 함께 갈 때 더욱 아름다운 것이다. 우리 주변에는 크게 부를 축적하거나 명예는 갖지 못했어도 작은 성공을 이루며 행복하게 살아가는 사람들이 많이 있다. 그들에 의해 우리 사회는 더 큰 아름다움으로 다져지는 것이다. 너무 큰 성공에만 삶의 의미를 부여하지 말자. 작은 성공의 모임이 큰 성공을 만들어 내는 것이다.

작은 빗방울이 모여 거대한 산을 씻어내듯 작은 성공을 이룬 사람들이 우리 사회의 밝음을 만들어 나가는 것이다. 큰 성공에 주눅 들지 말고 작은 성공을 키워 나갈 수 있는 사람이 되자. 그리고 끊임없이 새로운 세계로 도전하는 작은 성공으로 행복을 만들어 나가자.

우리의 삶은 끊임없이 오르는 등산로와 같은 것이다. 산을 오르며 주변의 아름다움에 젖을 줄 아는 사람이 될 때 행복을 만들 수 있는 것이다. 그러나 그 행복에 너무 오래 머물러서는 안된다. 그 행복을 다음 산을 오르기 위한 충전용으로 활용할 때 또 다른 성공을 만들어 갈 수 있다.

자칫 자신의 욕구에 욕심이 생겨 무작정 앞으로 달려갈 수도 있을 것이다. 이때는 자신으로 인해 주변 사람들이 아픔을 겪지는 않는지 생각해보자. 앞으로만 질주하다가 어느 날 갑자기 자신을 돌아보며 후회하게 될지도 모르기 때문이다. 성공이란 행복과 함께 갈 때 더욱 아름답다.

'인생에서 오르고자 하는 산이 없을 때 삶은 끝이 난다'고 했다.

계속 산을 오르자. 그러나 무작정 산을 오르기만 해서는 안 된다. 작은 성공으로 행복을 만들어 나가는 산행이 되어야 할 것이다.

멘토(Mentor)를 만나자

"멘토는 내가 보지 못하는 것을 보여주고
내가 알지 못하는 길을 알게 한다."
– 본문 중에서 –

내 인생은 내가 사는 것이다. 억지로 살라고 해서 사는 것도 아니고, 살지 말라고 한다고 해서 살지 않는 것도 아니다. 자기 판단, 자기 선택, 자기 책임 하에 스스로의 삶을 살아가는 것이다. 그러므로 기왕에 선택할 인생이라면 보람있는 인생, 행복한 인생, 성공적인 인생을 살아야 한다.

배는 바다에 있을 때보다 항구에 있을 때 더 안전하다. 그러나 배는 항구에 정박하기 위해 만든 것이 아니다. 드넓은 대양에서 파도와 싸우며 힘차게 항해하는 것이 배의 존재 가치다.

마찬가지로 인간은 성공하기 위해 태어났고, 행복하기 위해 태어났다. 그저 마음 내키는 대로 바람이 불면 부는 대로, 물결이 치면 치는 대로 목표도 없이 사는 인생은 우리가 살아야 할 인생이 아니다. 성공과 행복을 얻기 위해서는 부단한 자기 노력이 필요하다. 거친 북풍이 바이킹을 만들어냈듯 뼈를 깎는 자기 연마가 있을 때 성공적이고 행복한 삶을 살아갈 수 있는 것이다. 그런데 만약 고난과 **뼈**를 깎는 고통 속에서 당신에게 따뜻한 미소와 격려를 보내는 '멘토(Mentor)'가 존재한다면 더욱 성공적이고 행복한 인생을 살 수 있지 않을까?

멘토란 1976년에 게일 쉬히(Gail Sheehy)가 쓴 그의 저서 『패세지(Passages)』에서 처음 사용된 말이다. 혹자는 멘토를 '스승', '정신적 지주', '후견인' 혹은 '후원자'라고 해석하기도 하지만 우리나라의 경우 '스승'이나 '정신적 지주'는 전통적으로 절대적인 의미를 내포하고 있는 것 같고, '후원자'의 의미에 더 가까울 것 같으나 정확한 표현이라고 할 수 없어 그냥 멘토라 쓰기로 한다.

멘토의 어원은 그리스 신화의 오디세우스가 10년 동안 전쟁을 위해 떠날 때 멘토라는 절친한 친구에게 그의 재산과 아들 텔레마세우스를 돌봐 줄 것을 부탁한 데서 유래한다. 신화 속에서 멘토는 텔레마세우스가 그의 아버지와 다시 상봉할 수 있도록 안내자 역할을 했다.

멘토는 텔레마세우스와 부자지간과 같은 관계를 유지하면서 위기를 모면해 텔레마세우스를 죽음으로부터 구해내기도 했다. 혈연관계가 아니면서 삶의 안내자 역할을 하는 것으로 보자면 멘토는 선생님, 상담자, 스폰서, 후원자라고 할 수 있을 것이다. 그러나 진정한 멘토는 단순히 안내자로서의 역할만 하는 것이 아니라 때로는 친구처럼 때로는 동료처럼 어떤 일을 함께 만들어 나가는 것이다.

성인 발달 심리학자들은 멘토의 역할을 사회적 성공에만 국한된 것이 아니라 개인의 정체성 발달과 함께 성장을 위한 중요한 요인으로 간주하고 있다. 20대 초반에는 꿈을 만들고, 평생할 수 있는 직업(일)

을 준비하면서 가능하다면 멘토를 찾아야 한다. 20대에 멘토가 있는가 없는가는 인간 성장에 커다란 영향을 주게 된다. 따라서 20대의 멘토는 삶의 총체적 모델이 되며, 꿈을 실현시킬 수 있도록 지지하고 촉진해준다. 진정한 멘토는 부모와 동료와의 혼합이라고도 할 수 있다. 많은 성공자들의 뒤에는 진정한 멘토들이 존재했다. 만약 20대가 아닌 30대 혹은 40대이더라도 우리는 더 나은 삶을 위해 진정한 멘토와의 만남을 갈구해야 한다. 멘토의 선택 기준은 다음과 같다.

첫째, 진심으로 존경할 수 있는 사람이어야 한다.
둘째, 인생이나 업무에 대한 조언을 줄 수 있는 사람이어야 한다.
셋째, 필요한 정보를 줄 수 있는 사람이어야 한다.
넷째, 인적 네트워크를 소개해 줄 수 있어야 한다.
다섯째, 회사와 관계없이 일생동안 교제할 수 있어야 한다.

인생은 끊임없는 만남의 연속이다. 부모, 배우자, 연인, 자식, 친척, 친구, 직장동료와 상사, 스승, 제자, 선배, 후배, 이웃 등 우리는 인생을 살며 수많은 사람들과 만남을 갖는다. 그러나 그 만남에도 행복하고 창조적인 만남이 있는가 하면 불행하고 비생산적인 만남이 있다. 평생 진실로 행복하고 창조적인 만남은 몇 번이나 이루어질까? 내가 다시 태어나도 당신의 아내가 되고, 남편이 되겠다는 행복한 만남, 내가 당신을 만나 사업을 성공할 수 있었다는 아름다운 만남, 서로 만나 성장하고 널리 인간에게 유익할 수 있는 훌륭한 만남, 그 수많은 만남 중에 멘토와의 만남은 그 어떤 만남과도 비교가 되지 않을 것이다.

88년에 걸친 헬렌 켈러의 생애에서 49년을 함께 한 설리반 선생은 인류 사상 가장 아름다운 만남이었다. 이같이 오랜 세월 동안 삶에 영향을 미치는 멘토가 있는가 하면, 르네상스 시대 위대한 예술가 미켈란젤로는 생산적 또는 비생산적인 만남들로 예술혼을 단련시켰다. 그의 스승인 기를란다오와 당대의 부호인 로렌초(15세기 이탈리아 피렌체의 정권의 실력자)와의 만남, 폭군인 알레산드로와 로마의 교황 바오로 3세, 교황 율리우스 2세와 레로 10세와의 진정한 만남이 그것이다.

　성격 형성에 있어 무의식의 효력에 대해 강조했던 칼 융(Carl Jung)은 프로이트와 만났고, 자아실현의 삶에 대해 연구를 아끼지 않았던 아브라함 마슬로우(Abraham Maslow)는 게스탈트를, 심리학자인 막스 베르트하이머(Max Wertheimer)는 인류학자인 루스베네딕트(Ruth Be-nedict)와 만났다. 그런가 하면 조국 광복을 위해 평생을 바친 김구와 윤봉길, 이봉창의 만남이 있다.

　어떤 만남은 영혼의 각성이 일어나고, 어떤 만남은 종교적 교감을 이루며, 어떤 만남은 학문과 예술의 꽃을 피우게 한다. 끊임없이 이어지는 만남! 그 소중한 만남들이 생산적이고 창조적인 만남이 되도록 노력하면서 내 인생의 멘토를 찾자. 나에게는 나를 변화시켜주는 멘토가 존재하는가? '줄탁동시'를 되새김하며 진정한 멘토를 찾자.

제 7 부

알아두어야 할 심리학

인간발달과 심리학

*"사람은 슬퍼서 우는 것이 아니라 울기 때문에 슬퍼지며
즐거워서 웃는 것이 아니라 웃기 때문에 즐거워진다."*
— 윌리엄 제임스 —

대학에서 유아교육을 전공한 나는 성취동기와 정신위생에 유난히 관심을 갖게 되었는데 동기를 밝히자면 어머니 때문이었다. 둘째 동생을 낳고 생긴 산후 우울증으로 어머니는 정신병자 취급을 받았다. 모진 고난 속에서도 우리 4남매를 너끈히 키워내신 분이 왜 그런 아픔을 겪어야 했을까? 어머니에 대해 나는 늘 궁금한 것이 많았다. 왜 어머니는 산후 우울증을 겪어야 했을까? 그리고 그 우울증을 주변에서는 어떻게 대처해야 좋을까를 말이다.

곧고 정직한 성격의 소유자로 타협할 줄 몰랐던 어머니는 나와 비슷한 성향을 갖고 있었다. 묻어 주고 덮어 주는 며느리 사랑을 베풀었어야 했던 할머니는 어머니에게 모진 시집살이를 강요하셨고, 견디다 못한 어머니는 마음 깊이 병이 드신 것이었다. 그래서 나는 언제나 인간의 심리가 궁금했고, 미래가 궁금했다. 그러한 궁금증이 나로 하여금 프로이트를 찾아보게 만들었고, 마슬로우에 심취하게 만들었다.

프로이트(Freud:1856~1939)는 그의 저서 『정신분석학(Psychoanal-ytic Theory)』에서 인간의 마음을 빙산에 비유했다. 물 위에 떠 있는 부분은 의식(conscious)의 세계로 이는 인간이 보이는 현재의 모습이라고 했다. 물속에 숨어 있는 훨씬 큰 부분은 무의식(unconscious)의 세계로 비록 인간이 의식하지는 못하지만 과거의 긍정 또는 부정적 흔적이 쌓여 있으며 무한한 가능성의 정신 세계인 잠재 능력의 저장고라고 피력했다. 의식은 자신이 주의를 기울이는 순간에 알아차릴 수 있는 정신 생활부분이며(대부분의 자아가 이에 속한다) 전의식(preconscious)은 주의를 집중하고 노력하면 될 수 있는 정신생활의 일부분이다. 또한 무의식(unconscious)이란 의식 밖에 있기 때문에 자신이 전혀 자각하지 못하는 정신생활의 부분으로 주로 이드(id:개인의 무의식에 잠재하는 본능적 에너지의 원천)와 초자아(superego)로 구성되어 있으며, 이는 행동과 사고를 좌우하고 방어기제와 전환적 신체 증상을 형성하는데 큰 역할을 한다고 했다.

　인간의 성격은 이드(id), 자아(ego), 초자아(super-ego)로 구성되어 있으며, 이드는 무의식을 구성하는 핵심적 요소로서 정신 에너지의 원천적 저장고다. 나중에 자아와 초자아가 분화된다. 더욱이 이드는 본능적인 욕구를 관장하며, 쾌락의 원리를 갖는 것도 알게 되었다(어머니는 힘겹고 어려울 때 본능적으로 고통은 회피하려고 하셨다).

　나는 어머니의 무의식에 내재된 아픔을 알고 싶어 어머니의 이야기 속에서 문제의 해결점을 찾고자 애썼다. 아이처럼 순수했던 어머니는 내가 7살 되던 해에 꽃의 아픔을 이야기 하시며, 함부로 꽃을 꺾어서는 안 된다고 하셨다. 어떤 추억을 가지고 성장하셨는지는 모르지만 어머니는 무서우리 만큼 도덕적이셨다. 나는 옳고 그름에 대한 명확한 자기 판단을 가지고 휘어지지도 꺾이지도 않았던 어머니를 보면서 성장했다. 그리고 그 영향은 나에게 고스란히 전해졌다. 나 또한 그렇게 배우며 성장했으니 말이다.

　나의 관심은 행동주의 이론가들인 파블로브, 왓슨, 스키너로 점차 확산되었고, 인지이론가인 피아제, 비고스키, 윌리암 제임스, 맥스웰 말츠에 이르기까지 나는 그들의 이론에 관심을 기울였다. 여러 학자들의 이론을 대비해 종합·분석해 본 결과 나는 무언가 아쉬운 부분이 있다는 것을 알게 되었다. 행동주의이론, 각인이론, 인지이론 등 모두가 제나름의 논리구조를 가지고 있으나 완벽하지는 못하다는 것이다. 이것은 모든 역사, 사회 철학적 이론이 모두 결점을 가지고 있는 것과 별반 다르지 않다.

　우선 몇 가지 이론을 간단히 짚고 넘어가 보자.

　우리는 인간이 어떠한 상황에 처했을 때 그 환경과의 타협을 통해 적응해 가는 과정을 살펴볼 필요가 있다. 한 개인이 새로운 외부환경과 부딪쳐 새로운 지식을 얻어 가는 과정은 인간관계에서 매우 중요한 과정이다.

　인지이론가(Cognitive Theory)인 피아제(Piaget)는 순응, 동화, 조절, 조직화, 평형화를 통한 인지과정을 다음과 같이 설명하고 있다.

　순응(adaptation)은 모든 생물체가 생물학적으로 기능화하는 형식으로 동화와 조절의 연속적인 이중과정으로 이루어지며 동화(asimiliation)는 지적 영역에서 자극과 정보를 기존의 구조 속에 받아들여 조직하고 통합하여 새로운 구조를 생성하는 과정이다. 즉, 외계의 대상을 유기체의 기존 체계에 맞게 받아들여 소화 · 흡수하는 것을 의미한다.

조절(accomodation)은 어떤 대상이 현존하는 구조에 맞지 않을 경우에 즉, 유기체가 새로운 대상물을 기존의 체계로 소화 · 흡수하지 못하는 경우 기존의 체계를 변경하여 받아들이는 것을 말하고, 조직화(organization)는 경험과 활동이 도식을 통해 조직하고 통합하는 모든 생명체의 생동적 경향을 말한다. 이 조직화는 순응과 함께 이루어지며 모든 생물학적 행동이 기능화 되어 영속적으로 나타난다.

따라서 평형화(equilibration)는 모든 생물학적, 지적발달의 기초를 이루는 조직화 요소이다. 발달의 패턴에 있어서 새로운 지식이나 문제에 당면하게 될 때 동화와 조절의 과정을 거쳐 적응하게 되는데 이때 내적 조건이나 환경적인 요소로 인하여 혼란과 갈등을 겪게 된다. 이런 불균형 상태는 계속적인 자기규제 과정과 내면적인 재조직화 과정을 통하여 균형상태로 돌아가게 되는 것이다. 결국 이런 과정을 통해 지적성장을 촉진하게 된다. 이는 마치 두 대의 톱니바퀴가 서로 맞지 않아 삐그덕거리면서 반복되는 접촉을 통해 제 자리를 찾아가는 형상과도 같은 것이다.

또한 각인이론가인 로렌즈(Lorenz)는 어린 동물이 일단 생후 초기 특정한 시기 동안 어떤 대상에 노출되면 그 뒤를 따르게 되며, 후기 삶에 영향을 미치게 된다고 설명한다. 그리고 그 대상에 애착(보울비의 애착이론)하게 되기도 한다는 것이다. 간단하지만 인간 행동에 대한 포괄적인 구성이라 할 수 있다.

나는 이러한 이론에 기초해 16세기 에라스무스, 토마스 모어의 저술에서부터 18세기 계몽시대의 로크, 볼테르 등의 과학적인 관심, 19세기 분트의 과학적 심리학 등에 뿌리를 둔 인본주의 심리학(Humanistic Psychology)에도 관심을 갖게 되었고, 마치 행동주의를 거부했던 마슬로우처럼 나 역시 행동주의를 거부하는 제스처를 취해 보기도 했다. 그러나 행동주의 또한 인간의 변화에 없어서는 안 될 중요한 이론임을 재인식하게 됐다.

어느 해 여름 '한 여름 밤의 꿈' 같은 음악회를 경험했다. 파바로티의 내한 공연과 함께 어우러진 퓨전 음악이었다. 전혀 어울릴 수 없을 것 같은 오토바이의 굉음과 바이올린 그리고 아쟁이 어우러졌다. 여름밤에 잠실을 물들인 폭죽도 하나의 작품이었지만, 무엇보다 파바로티의 농익은 목소리만큼 퓨전 음악이 나에게 새로운 의미를 부여해 주었다. 인간이 새로운 삶을 열어 가는 데는 기존의 다양한 이론에 새로운 이론의 접목이 필요한 것이라는 생각을 하게 된 것이다.

학문에는 논쟁이 따른다. 그것은 정반합이라는 이름으로 새로운 이론을 도출해 내기도 하지만 얼마간은 당신들의 주장을 위해 논쟁을 끊이지 않는다. 한 때 한 가지 이론에 심취해 자신을 불사른 학자들로서는 수용하기 힘든 새로운 이론 앞에서 갈등하게 된다. 마슬로우도 한때 할로우 밑에서 행동주의를 공부했지만 그는 결혼과 딸아이의 탄생으로 '아이를 가진 사람은 결코 행동주의자가 될 수 없다' 라고 말했다. 당시 왓슨 등이 행한 앨버트 실험은 마슬로우를 갈등에 빠지게 했다.

인본주의의 혁명은 올포트(Gorden Allport), 로저스(Carl Rogers), 마슬로우(Abraham Maslow)로부터 꽃피우기 시작했다고 볼 수 있다.

　마슬로우(1908~1970)는 미국의 뉴욕 브루클린에서 출생해 동기화 이론을 수립하였으며 무엇보다 인간의 긍정적 성장에 관한 연구에 심혈을 기울였다. 인간의 긍정적 변화의 가능성을 시사해 준 것이다. 프로이드가 말한 잠재의식의 세계를 일깨워 인간이 가진 욕구에 따라 무한한 발전의 가능성을 '자아실현적 삶'이라는 이름으로 발전시킨 그의 이론에 나는 매료되었다. 그러면서 '나도 할 수 있을까? 나도 성공할 수 있을까?' 라는 의문에 빠졌다.

　마슬로우는 희망의 단어들로 나를 일깨워 주었다. 인간은 다음과 같은 단계적 욕구를 가지며 특히 '성취인들은 긍정적 성장을 통해 자아실현을 이루며 누구나 그 단계적 성장을 토대로 성공적인 삶을 살수 있다'는 무한한 가능성을 주장한 부분에 크게 공감했다. 인간을 소중하게 생각한 인간의 긍정적 발전에 대한 이론은 나에게 '나도 성공 할 수 있다'는 가능성을 일깨워 준 것이다.

　　① 생리적 욕구(Physiological needs)
　　② 안전에 대한 욕구(safety needs)
　　③ 소속 욕구(belongingness needs)
　　④ 애정 욕구(love needs)
　　⑤ 자존 욕구(self-esteem needs)
　　⑥ 자아실현 욕구(self-actualization)

1970년대에 대두된 새로운 이론인 정보처리이론과 사이버네틱스이론은 인간의 행동 양태를 시대적으로 변화시킨 것이라 볼 수 있다.

사이버네틱스란 컴퓨터의 원리인 정보처리이론에 근간을 두고 인간의 정신을 비교해 인간의 정신 역시 정보를 받아들여 그 정보의 형태와 내용을 변화시키기 위해 조작을 하고, 그것을 저장해 배치하며 정보에 대해 반응한다는 이론이다. 맥스웰 말츠가 이를 사이버네틱스라고 명명하고 그에 대한 이론을 제시한 바 있다.

인간의 감각기관을 통해 외부자극이 주어지면 1차 처리과정(주의력, 전략선택, 조정, 기대)을 거쳐 단기기억 장치로 넘어간다. 이때 모든 정보가 단기기억 체제로 넘어가는 것이 아니라 주요 특징에 주의를 기울이고, 머리 속에 기억할 수 있는 어떤 인지양식(patterens), 지각과 주의집중을 찾아 단기기억 체제로 넘긴다. 감각수용기관에서 약 20초 정도 머무르며, 이 정보에 특별한 조치(주의집중, 마음속으로 반복 되새김)를 하게 되면 정보는 반복(제어기능)을 통해 무기한으로 단기기억 체제 속에 유지될 수 있다.

이러한 단기기억 체제에서 선별된 정보는 장기기억 체제로 옮겨 간다. 장기기억 체제로의 전이도 물론 1차 처리과정과 같은 과정을 거치나 여기에는 특별히 과거에 유입된 정보와 통합(피아제의 평형화라고 설명할 수 있다)하여 새로운 정보로서 영구 보존되는 것이다. 이것 또한 반복된 되새김을 통해 보존되며 만약 반복이 없으면 일정 기간이 지나(새로운 정보가 계속적으로 유입되면) 대치현상에 따라 망각된다.

컴퓨터와 인간의 차이는 컴퓨터는 용량이 제한되어 있지만, 인간의 뇌는 무제한으로 입력이 가능하다는 것이다. 또 반복이나 되새김이 없는 오래된 정보나 가치 없는 정보는 선별되어 자동적으로 소멸하는 대치현상이 있다는 점이다. 이에 맥스웰 말츠는 인간의 뇌를 컴퓨터와 같은 기계공학에 비교해 설명하면서 인간이 반복해서 유입한 정보를 통해 자아개념을 변화시키고 변화된 자아개념은 인간의 삶을 변화시킨다고 설명하고 있다.

이에 나는 부적절한 성격의 소유자, 소극적인 성격의 소유자들에게 긍정적이고 적극적인 사고로의 변화가 정보창조이론에 근거해 가능하다는 것을 설명하고자 한다.

인간이 인간을 만나 관계를 형성해 가는 과정에서 이미지라는 것을 만들어 간다. 새로운 이미지의 창조는 이상과 같은 여러 가지 이론들의 복합형으로서 프로이드의 정신분석학, 왓슨이나 스키너, 파브로프 등의 행동주의 이론 그리고 로렌즈의 각인 이론과 피아제, 비고스키 등의 인지 이론, 정보처리이론과 사이버네틱스, 이 모든 것이 한데 어우러져 이미지를 창조해 내는 이미지 심리학이 만들어져 새로운 정보 창조학인 퓨전 심리학(fusion psychology)이 될 수 있을 것이다.

퓨전 심리학(fusion psychology)

🌳

*"사람이 사람을 헤아릴 수 있는 것은 눈도 아니고 지성도 아니다.
오직 마음 뿐이다."*
– 마크 트웨인 –

프로이트에 따르면 인간은 현재의식과 잠재의식이라는 두개의 세계를 가지고 태어난다고 했다. 성인이 되어 정신적인 문제를 안고 있는 사람들을 역추적해 본 결과 인생초기 구강기, 항문기, 남근기, 잠복기, 형식기 등의 발달과정에서 있었던 현상들이 잠재의식 속에 묻혀 있었고, 이것이 현재의식과 결합되는 과정에서 성적만족도에 따른 성격이 형성된다고 하였다. 또한 로렌즈는 생애초기 어떤 환경적인 영향으로 잠재의식에 현상을 각인시키는가에 따라 이후의 삶이 달라진다는 각인이론(로렌즈가 갓 부화시킨 새끼 거위와 함께 생활함으로 인해 거위는 로렌즈를 어미처럼 따랐고 나중에는 교미 상대로까지 여기게 됐다는 연구 결과에 근거한 이론)을 제기하고 있다.

이 두 가지 이론을 엮어 보면 인간은 현재의식에 의해 살고 있는 것 같지만 오히려 보이지 않는 잠재의식에 의해 통제되고 행동하게 되는 것이다. 행동의 기저에 깔린 행동 동기의 유발은 잠재의식에 의해 형성되는 것이다.

그래서 나는 늘 말한다. '잠재의식의 저장고에 부정적이고 소극적인 흔적이 아닌 긍정적이고 적극적인 흔적을 남기면 그것은 오늘 이후 우리의 삶을 더욱 풍요롭게 만들어 주는 것이므로 당신의 잠자는 잠재의식의 보고(寶庫)에 긍정의 흔적을 남겨보자!' 라고 말이다.

부연 설명을 덧붙이면 존 로크는 인간은 태어날 때 백지와 같으며 그 백지 위에 수많은 환경의 영향으로 삶이 그려진다고 했다. 이것을 타빌라라사(tabilalasa)라고 한다.

'퓨전 심리학' 은 로크의 '백지설' 과 프로이드의 '잠재의식이론', 그리고 로렌즈의 '각인이론' 을 한데 묶고 그것을 입력과 출력의 정보처리 이론에 적용시켜 맥스웰 말츠의 사이버네틱스에 근간을 둔 새로운 '정보 창조학' 이다. 앞으로 이 부분에 대해서는 새롭게 정리해 묶어 낼 예정이다.

새로운 정보를 인지하는 과정을 우리는 마치 산등성이에 만들어지는 눈썰매장으로 연상할 수 있다. 하얗게 내린 눈(로크의 백지설)위에 어떤 흔적을 남길 것인가? 우리의 잠재의식(프로이드)에 긍정의 수채화를 그릴 때 그 흔적(로렌즈의 각인)은 행복이자 사랑이며 성공이라는 열매로 오늘 이후의 삶을 만들어 주는 것이다.

이러한 흔적이 만들어지는 과정에도 순서가 있다. 무조건 집어넣는다고 넣은 대로 나오는 것이 아니다. 세모를 넣으면 세모의 유형과 비슷한 것으로 새롭게 창조되어 나온다. 다시 말해 인간은 정보창조자이다. 분명히 넣은 것은 나온다는 정보처리(컴퓨터의 in put or out put)적 체계를 가지되 넣은 대로가 아닌 새로운 정보를 만들어 내는 것이다. 인간 개개인의 자아개념(self-image)에 따라 각기 다른 정보를 창조해 나가는 것이다. 이것은 또한 인간의 무한한 변화 가능성을 시사해 주고 있다. 따라서 성공하기를 희망한다면 불타오르는 욕망의 정보를 잠재의식 속에 흔적으로 그리기만 하면 되는 것이다.

인간의 말은 처음 사용할 때 마치 맞지 않은 옷을 입은 것처럼 어색하다. 그래서 처음에는 그것을 거부한다. 그러나 두 번, 세 번 반복해서 말을 사용하면 오래지 않아 그 언어는 당신의 언어가 되어 당신의 사고 속을 헤엄치고 다니게 될 것이다. 다시 말해서 인간에게 새로운 정보가 들어오면 1단계 적극적 부정, 2단계 의문과 동요, 3단계 심리적 접근, 4단계 확신, 5단계 행동, 6단계 습관 등의 과정을 거치면서 그 정보는 자리를 차지하게 된다.

이것을 피아제는 인지이론에서 동화, 조절, 평형화, 순응, 적응 등의 예를 들어 설명하고 있다. 아무리 좋은 정보더라도 자신이 가진 기본 마인드(mind) 또는 자아(self-image)와 부합되지 않을 때 충돌이 일어난다. 톱니바퀴처럼 날을 세우고 있다가 새로운 정보가 들어오면 그 톱니바퀴가 서로 맞물려 돌아가기까지 많은 어려움이 있는 것이다.

인간이라는 이름으로 이 세상에 태어난 나는 컴퓨터의 정보처리 과정과 같은 신경조직의 여러 가지 발달로 오늘의 내가 되었다. 맥스웰 말츠는 목표 진입적 메커니즘에 의해 진로를 수정하고, 그 목표를 성취하기까지 마치 유도탄이 목표물을 찾아가듯 정신 구조가 정보를 처리해가는 과정을 사이버네틱스(인공두뇌)라고 했다. 앞에서도 언급했듯이 인간의 두뇌는 컴퓨터보다 월등하다. 인간의 두뇌는 새로운 정보를 입수해 자신의 도식에 맞게 조절, 평형화시켜 자신에게 적응시키며 새로운 상상력으로 새로운 정보를 창출해 내는 정보창조자인 것이다.

긍정적, 부정적 인간의 실체는 유입되는 정보에 의해 그리고 그 정보가 제대로 자리매김 할 수 있도록 환경적 요소에 의해 결정되는 것이다. 어떤 환경에서 어떤 정보가 유입되는가에 따라 새로운 관계가 형성되고, 새로운 성격의 소유자로 바뀌어 간다.

스폰지처럼 빨아들이는 유아의 경험 속에 어떤 강화나 보상이 이루어지는가에 따라 인간은 긍정 또는 부정의 사고를 가진 자로 성장해 간다. 성공을 믿는 사람에게만 성공이 주어지는 것도 성공에 대한 강한 욕구와 경험에 의해서인 것이다. 조금이라도 마음 한 구석에 실패를 허용하면 실패는 또 다른 경험으로 그 사람의 사고를 점령하고, 다음 실패를 준비하게 되는 것이다. 그러므로 성공적인 나, 행복한 나를 만들기 위해서 긍정적이고 적극적인 자세로 총력을 기울여야 할 것이다. 성공과 실패는 성장 과정에서 반복된 직·간접적인 경험에 의해 길을 형성해 가는 것이다.

갓난아이의 걸음걸이를 보자. 실패를 거듭하면서도 마침내는 일어서 스스로 걷는다. 지속적인 긍정의 사고가 무의식적으로 아이를 걷게 만드는 것이다. 물론 언제나 성공하는 것은 아니다. 그러나 실패도 성공을 위한 것일 때는 수용해야 한다. 긍정을 위한 부정인가, 부정을 위한 부정인가를 선별해 자신의 사고에 새로운 정보를 창조해 갈 때 인간은 성공적인 삶을 영위해 나갈 수 있다.

때로 우리는 실패에 대한 경험을 성공을 위한 씨앗으로 만들지 못하고, 또 다른 실패에 대한 두려움의 정보로 인식해 반복, 부정, 암시로 자신의 잠재의식에 뿌리 내리게 만드는 경우도 있다. 이런 경우 과거의 실패 경험이 바탕이 되어 다음에도 실패하면 어떻게 하나 하는 두려움으로 새로운 활동을 거부하게 되고, 두려움과 불안은 소심하면 소극적인 인간으로 전락하게 만든다.

그러나 다시 생각해 보자. 한발 두발 걸음을 떼던 어린 아이가 걷고, 달리기까지는 숱한 어려움이 있었다. '쿵' 하고 넘어지는 아픔에도 '다시 일어서는 어린 나'는 긍정의 산물이었음을 인식하자. 승리가 없으면 패배가 존재할 따름이다. 인간이 긍정의 결정체임을 깊이 인식하자. 그리고 다시 일어서는 것이다. 그리고 자신에게 말하라. '나는 성공자다'라고…….

인간의 성격은 어떻게 형성될까?

🌳

"평온한 바다는 결코 유능한 뱃사람을 만들 수 없다."
– 영국 속담 –

인간의 성격은 어떻게 형성되는 것일까? 어떤 사람은 외향적이고 또 어떤 사람은 내향적이다. 성격이 형성되는 과정으로 프로이트는 인간의 성적욕구충족과 관련된 인간의 발달단계를 제시했다. 프로이트의 성 심리 발달단계에서 보면 인간은 이미 성인이 되기 전에 성인기에 되어질 기본 형상이 이루어진다고 볼 수 있다.

구강기(oral:0~8개월)에는 빨고, 물고, 삼키는 행위들이 즐거움을 가져다 준다. 그러나 이 시기에 이런 행위가 불만족스러우면 이후의 삶에 부정적인 영향을 미친다.

항문기(anal:8~18개월)에는 배설하는 것에 큰 만족을 느낀다. 이 시기에 욕구가 충족되지 않으면 수집광이나 결벽증의 사람이 되기도 한다.

남근기(phallic:5~6세)에는 생식기에 관심을 갖게 된다. 이 시기에 이른바 오이디푸스(Oedipus)와 엘렉트라(Electra)콤플렉스가 형성된다.

잠복기(latency:6~11세)에는 성 만족에 대한 관심이 없어지고, 같은 성의 부모를 동일시하게 된다.

생식기(genital:11세 이상)가 되면 병적인 애착과 퇴행을 제외하고는 어린이의 행태와 같은 성 만족에 관심을 갖게 됨으로써 이성에 눈을 뜨게 된다.

또한 에릭슨(E.Erikson)은 생애 '8단계론'을 제시하여 인간의 각 시기마다 긍정적 또는 부정적인 사회 심리적인 발달 특성을 가지며 이는 성격 형성에 영향을 미치게 된다고 하였다.

기본적 신뢰감 대 불신감(출생~1세)은 생애 초기에 어머니와의 관계 속에서 이루어지는 신뢰감이나 불신감에서 형성되는 것으로 생애후기에 맺게 되는 모든 사회관계에서 성공적인 적응 또는 실패적인 적응과 밀접한 관련이 있다고 했다.

자율성 대 수치감과 회의감(1~3세)의 시기에는 배변, 걷기, 뛰기, 걸음마를 시작하며 주변 사람들과의 관계 속에서 성격이 형성된다. 예를 들어 이제 겨우 한걸음을 내딛는 아이가 엄마에게 다가가는데 엄마는 그것이 신통해 다시 뒷걸음을 치며 손짓을 한다. 그러나 이는 아이에게 좋지 않은 행동이다. 이때 아이는 엄마와의 관계에서 자율감보다는 수치감이나 회의감을 맛볼 것이다. 다가온 아이를 품에 안고 쓰다듬으며 긍정적인 보상을 해주고 다시 걷게 만드는 것이 현명한 엄마다. 이때 아이는 자율성이 형성된다. 배변에 대한 통제나 자조(自助)기술이 충분히 발달하지 못해 사회적인 기대에 적합한 행동이 원활하게 수행되지 못하면 수치감이 형성된다.

근래에 많은 젊은 엄마들이 자신의 삶을 풍요롭게 하고자 또는 생계를 위해 조기에 아이들을 어린이 보호시설에 맡긴다. 갓 돌이 지난 아이가 어머니나 대리 부모가 아닌 타인에게 맡겨져 신뢰감이 형성하지 못한 상태에서 배변을 봐야 할 때 이에 대한 통제나 자조기술이 이루어지지 않으면 아이는 심한 수치감이나 회의감을 느끼게 되는 것이다. 이는 내 경험을 통해서도 발견할 수 있었다.

　둘째가 3살쯤 되었을 때 잠시 아이 보는 사람에게 맡긴 적이 있다. 이때 아이는 심한 불안감을 나타냈다. 특히 항문 닦아 주는 것을 꼭 나에게만 하도록 고집 피우는 것을 보면서 어린 아이도 남에게 보여주고 싶지 않은 수치심이 있다는 것을 느꼈다.

　주도성 대 죄책감(3~6세)이 형성되는 이 시기의 어린이는 어떤 목표나 계획을 세워 거기에서 성공하고자 노력하게 되며, 행동은 목표지향적이고 경쟁적이 된다. 결국 어린이 자신이 큰 계획과 희망이 실패할 수밖에 없다는 사실을 깨닫게 되며, 자신의 계획이나 희망이 사회의 금기를 범하는 결과를 가져온다는 사실을 알게 된다. 이렇게 되면 죄책감을 느끼게 되어 그러한 행동이나 상상을 억제하게 된다.

　근면성 대 열등감(6~11세)이 형성되는 시기는 기초적인 인지기술과 사회적 기술을 습득하는 시기로 실수와 실패를 거듭하게 되면 부적응과 열등감이 생긴다.

　정체감 대 정체감 혼미(청년기)는 자기의 위치, 능력, 역할 및 책임에 대한 분명한 인식, 자기 자신의 의문에 대한 해답을 찾으려고 애쓰지만 해답이 쉽사리 얻어지지 않기 때문에 고민하고 방황한다. 이 고민과 방황이 길어지면 정체감 혼미 상태가 된다.

친밀감 대 고립감(성인초기)의 시기는 직업, 배우자 선택(상대방 속에서 공유적 정체감을 찾으려고 한다) 타인과의 관계에서 친밀성을 형성하는 중요 과업의 시기다. 친밀성을 형성하지 못하면 고립되어 자기 자신에게만 몰두하게 된다.

생산성 대 정체감(성인기)이 형성되는 시기는 자녀양육, 직업적인 성취, 학문적, 예술적인 업적을 통해서 생산성을 발휘하지 않으면 정체된다. 여기서의 정체(停滯)는 청년기와는 다른 정체성으로 stagnation(침체, 정체, 부진, 불황), stagnate(썩다:물이, 공기가 탁해지다)등의 의미를 지닌다.

통정성 대 절망감(노인기)의 시기에는 인생에 대한 무력감이 오는데 이를 어떻게 받아들이느냐가 중요하다. 자신의 삶을 음미해 보는 과정에서 자신의 삶이 무의미한 것이었다고 느끼게 되면 절망감에 빠지게 된다. 그러나 지금까지의 삶을 토대로 인생의 보람과 의의를 느끼게 되면 마침내 인생의 참된 지혜를 획득하게 되며, 보다 높은 인생 철학으로 통정(integration)을 이루어 나가게 된다.

알 하비거스트(R.Havighurst)는 일생의 어느 일정 기간에 독특하게 나타나는 발달과업(development tasks)을 제안하였다. 인간은 성장발달 과정에서 신체적 성숙과 더불어 개인이 속한 문화 속에서 특징적인 영향을 받게 되며, 이 영향에는 긍정적인 면과 부정적인 면이 있다. 긍정적인 면에서 영향을 받게 되면 그 시기의 발달 과업을 완수하게 되어 개인은 행복해지고 나아가 다음 단계의 발달 과업 수행에 긍정적인 영향을 준다. 그러나 반대로 특정 시기에 발달 과업이 완수되지 못하면 연속되는 발달 과업을 완수하지 못해 사회에서 부적응적인 삶을 살게 된다고 하였다.

부흘러(Buhler)는 최초의 인본주의자의 한 사람이며 비엔나의 임상심리학자였다. 그는 1933년 자서전 분석을 통해 인간 발달의 5단계를 제시하였고, 1968년 이를 다시 확대해 발전시켰다. 그는 후기 이론에서 건강한 성격의 핵심은 자아충족(self-fulfillment)이며, 인생을 통한 인간의 발달 과정은 목표를 설정하고 이를 추구하는 과정이라고 보았다. 충족된 사람은 자신의 활동을 주도해 나가며 하나의 목표를 향해 평생토록 지향하는 사람이다.

첫째, 목표에 대한 자기결정단계(0~15세)로 단지 미래를 위해 준비할 뿐 뚜렷한 목표 설정을 확립하지 못한다.

둘째, 잠정적 목표 설정과 경험적인 자기결정단계(15~25세)로 인생이 자기 자신의 것이라는 생각을 처음으로 가지면서 이제까지의 생활 경험을 기초로 인생의 목표를 설정한다(이상주의적).

셋째, 절정기로 확고하고 구체적인 목표 설정 단계(25~45세)이다. 이는 이상주의에서 탈피해 구체적인 목표로 옮겨간다. 개인의 가치 목표에 대해 보다 분명하고 자신의 발달 가능성을 잘 파악한다. 많은 사람들이 자신의 목표를 성취해 인생의 절정기에 이르나 가끔 맞지 않는 직업이나 결혼 상대자를 선택했다고 느껴 실망하는 사람도 있고, 너무 미숙해서 생활을 안정된 형태로 통합시키지 못하는 사람도 있다.

또 정신적 에너지를 정서적 갈등에 너무 많이 소모해 인생에 충분히 적응하지 못하는 사람도 있다. 성공의 경험은 이 시기의 목표를 성취하는 것에 도움을 주나 거듭되는 실패 경험은 개인을 무능하게 만들 수도 있다.

넷째, 목표 달성의 평가단계(45~65세)로 건강한 사람은 과거에 쌓아 왔던 것들, 신체적 조건, 직업 상황, 개인적 관계를 통합하여 미래 계획을 수립한다.

다섯째, 목표의 충족 혹은 실패경험단계(65세 이후)로서 인생 초기에 경험했던 목표 달성에 주력하던 것에서 벗어나 전에 하고 싶었으나 시간이 없어서 하지 못했던 여행, 취미 활동, 대의를 위한 봉사활동 등 예전보다 이완되고, 노력을 덜 기울여도 되는 일을 계속한다.

⊙ 참고문헌

- Phillip S. Dale's language Development: Structure and Function
- 장미옥, 『성인들의 대학교육』 중 Mentoring의 활용성 탐색 연구
- 지그문트 프로이트, 『정신분석학 입문』
- 조재권, 『선전여론개설』
- 차배권, 『커뮤니케이션학 개론』
- 김창남, 『삶의 문화 희망의 노래』
- 박상용, 『노래로 세상 엿보기』
- 오그만 디노, 『아카바의 선물』
- Mattheson 『Das neueroffnete Oachestre』

희망을 일구는 50가지 이야기

2006년 5월 25일 1판 1쇄
2006년 6월 25일 1판 2쇄
2007년 6월 15일 1판 3쇄

저자 : 윤금순
펴낸이 : 남상호

펴낸곳 : 도서출판 예신
140-896 서울시 용산구 효창동 5-104
대표전화 : 704-4233, 팩스 : 715-3536
등록번호 : 제 03-01365호(2002. 4. 18)
http://www.yesin.co.kr

값 9,000원

ISBN : 978-89-5649-040-3